Französische Reise

Impressionen
von
Alexander Castell

Bibliografische Information der Deutschen Nationalbibliothek. Die Deutsche National-bibliothek verzeichnet diese Publikation in der Deutschen Nationalbibliografie; detaillierte bibliografische Daten sind im Internet über http://dnb.d-nb.de abrufbar.

Französische Reise
Impressionen von Alexander Castell

Neufassung und Digitalisierung von Peter M. Frey nach dem Original von 1919 Rascher Zürich, unter Beachtung der neuen deutschen Recht-schreibung. Es handelt sich um ein gemeinfreies Werk. Willy Lang lebte von 1883 bis 1939 und publizierte unter dem Pseudonym Alexander Castell.

Copyright © 2017 Peter M. Frey
Herstellung und Verlag
BoD - Books on Demand, Norderstedt
ISBN 9783744810715

Der Zug geht mit dumpfem Hämmern in die Nacht. Die Grenze ist seit Stunden passiert. Es ist kalt. Die Fenster blinken leise in der Eiskruste. Dunkle, vage Massen flitzen draußen vorbei. Ich denke: ›Wir werden am Morgen in Paris sein ...‹ Wie knisternde Funken blitzt es durch das Gehirn. Zugleich das Wohlgefühl in Frankreich zu sein. Es ist etwas nicht zu Beschreibendes. Liegt es an den Menschen? An der Sprache? Es ist, als ob etwas von unserer Erdenschwere von uns abfiele, als ob die uns eingeborene Dumpfheit sich lichtete.

Vergangene Zeiten empfindsamsten Erlebens strahlen vor mir auf. Jene Jahre, da vor der großen Katastrophe alle Pracht der Welt noch einmal wunderbar und unvergleichlich emporblühte, wie ein letzter unerhörter Zauber aller Lust und aller Farben vor der Nacht. Paris in der letzten Zeit vor dem Krieg. Über aller Gewalt des Genusses, über allem Fieber, das in den Nerven brannte, war noch etwas Stilleres, Seltsameres da: fast ein Erschrecken vor der Intensität des Lebens, der Gefühle des Blutes, fast das Bewusstsein von etwas Drohendem, Lauerndem, Vernichtendem. Augenblicke des Sichbesinnens, da man angesichts des Düsteren, Nahenden, das ganze riesengroße Glück der Existenz erkannte, das berauschende und selige Entzücken zu sein und zu atmen.

Ich denke wieder: Das Wunderbare an Paris sind doch nicht die Menschen, nicht der große Strom, nicht die sensible Pracht, nein, es sind die stillen alten Quartiere, die Ile St. Louis, die Gegend um St. Sulpice, die Quais, dann wieder ein Frühlingsmorgen im Bois, ist es der Himmel, diese seltsame, ins blauviolette gehende Tönung, dieser Himmel, den die Impressionisten nachher über allen Städten der Welt entdeckt haben und der doch nur über Sacré Coeur ist?

Ich frage mich: Wo möchte ich leben, wenn ich uralt wäre und so arm, dass ich noch zweimal im Tag zu essen hätte und einen Ort, wo ich schlafen könnte. In Paris. Das ist es, das ist das Allertiefste, Schönste, dass der Alte, der mit zerrissenen Sohlen und dutzendfach geflicktem Rock herumgeht, dass der Ärmste der armen nicht verachtet und gedemütigt ist, dass er im Bilde des Ganzen steht, als eine Figur, die ebenso wichtig ist wie die junge, von aller Grazie der Schöpfung umstrahlte Dame, die im Automobil vorfährt, indes der Alte ganz von ungefähr vortritt und ihr das Coupé öffnet, halb als eine Huldigung und halb in der Hoffnung auf ein paar Sous. Und das junge Geschöpf erschrickt nicht wie vor etwas Armseligem und Hässlichem, nein, sie lächelt, sie findet es natürlich, sie tut so, als ob sie die Huldigung verstände ...

Und es ist dasselbe Bild, wenn uns in der Nacht etwas wie eine Fledermaus nachhuscht und eine zittrige Stimme flüstert: „Mon prince ..." Und uns eine magere ausgedörrte Hand eine Zeitung zum Verkauf hinhält. Und wir nehmen sie. Die Zeitung ist aber nicht von heute und nicht von gestern, alles ist nur eine Form, diskret und verschämt. Der Alte war in seinen guten Jahren vielleicht ein hoher Herr, oder ein Dichter, der stürmische Bücher schrieb und jubelnd verschwendete und der nun nur noch wie ein seltsamer Vogel in die Nacht versinkt ...

Das ist Paris ... dieser Glanz diese leise Zärtlichkeit daneben, diese Subtilität der Gefühle, dass der bekümmertste und stillste der Menschen noch im großen Kreis des hinreißenden Lebens steht, als eine Gestalt, die tiefer, dunkler sich abhebt, als die Silhouetten derer, die noch auf der Höhe wandeln.

Die Lokomotive stößt heisere, langgezogene Schreie aus, fährt durch einen Bahnhof.

Ich kann nicht einschlafen. Ich denke: die vor dem Krieg zwischen zwanzig und dreißig standen, sie hatten noch etwas vom Glanz dieser Erde mitbekommen. Sie hatten Zeit gefunden Glück zu erleben. Aber die ganz Jungen, die von der Schule in die Schlacht kamen, das ist das Entsetzliche. Ich sehe noch einen, der sich ein paar feste Stiefel gekauft hatte. Er zeigte sie mir am ersten Tag der Mobilisation im Metro. Er erzählte, dass er Freiwilliger sei. Er war noch ein Kind. Die Schuhe machten ihm so viel Spaß wie der Krieg.

Ich horche wieder auf das Stampfen des Zuges, auf die leisen wimmernden Geräusche in den Fugen. Es ist, als ob das alles lebte, als ob die Scharniere seufzten, indes sie sich biegen und zittern. Mir ist, als müsste ein solcher Wagen unendlich müde sein über all dem Rollen und Sausen und Rasen.

Und meine eigene Erwartung wölbt sich wie eine hohe Brücke auf schlanken Streben weit hinaus und in den Morgen hinein, und es ist, als ob die Spannung der Bögen immer größer, immer schmerzhafter würde, bis sich alles wie in die Wolken hebt und in einem sanft schwebenden Nebel löst ...

Am Morgen.

Ich stehe im Couloir. Es ist schon lange Tag. Der Zug jagt durch die Station. Die Schienen krachen, als ob sie Feuer sprühten. Eine schmale Straße geht dem Bahndamm entlang. Ein zweirädriger Wagen mit Säcken beladen flitzt vorbei. Darauf die Silhouette einer Bauersfrau, die das Pferd lenkt. Ein Junge trottet hinterher. Eine Stimme spricht etwas monoton und verschlafen neben mir. Der Gang ist jetzt voll Menschen. Man ist müde und schweigsam. Und man ist dennoch voller Erwartung.

Ich sehe plötzlich die Terrasse der Gare de Lyon in der Nacht der ersten Mobilisationstage. Gesicht an Gesicht gedrängt, hunderttausende, die wie ein schwarzes Gewühl aus allen Straßen zuflossen, jeden Winkel füllten. Etwas Gespensterhaftes und Furchtbares.

Die Stimme spricht wieder neben mir. Eine Dame in einen Pelz gehüllt. Neben ihr ein junges Mädchen. Schlank und eher zart. Die Mutter von schweren Formen. Ich denke: Es gibt Töchter, die sich nie mit ihren Müttern zeigen sollten.

Ich gehe wieder hinein, setze mich auf die Couchette.

Ich habe die Augen noch voll Schlaf.

Einfahrt.

Ich sitze inmitten der Koffer in einem kleinen roten Taxi. Der Wagen ist voll Staub, die Polster sind vom Alter und der Sonne gebleicht, der Motor klappert und keucht wie ein altes Droschkenpferd und dennoch kann ich mir keine seligere Einfahrt denken. Es ist mir, als hätte ich diesen Augenblick seit Wochen ersehnt, in Träumen erlebt. Wir gleiten zwischen Handkarren, Lastwagen und tausend Vehikeln, ich höre wieder Fuhrleute auf phantastische Art fluchen. Ein ganzes Register von Schimpfwörtern, die Himmel und Hölle beschwören, von bitterer Obszönität überschattet sind, prasselt auf uns nieder. Der Chauffeur hat es wirklich zu eilig, wir überrennen fast eine Gemüsefrau, ihre keifende Stimme hallt hinterher ... aber ich bin entzückt. Das sind alte, vertraute Töne. Ausbrüche eines tapferen Temperaments, da ist Bewegung, da ist schäumendes, klopfendes Blut ... Wir überqueren die Seine ... gesegneter Fluss, zu dem es die Geister der Kunst hinzieht wie zu einem Ort der Erfüllung. Der Morgen ist voll Sonne. Da sind die Arkaden der rue de Rivoli, die grauen Massen des Louvre tauchen auf ... Mir ist, als könnte ich jetzt nicht reden, als müsste ich nach jedem Wort Atem schöpfen. Etwas steigt in mir auf, das wie ein Rausch in den Schläfen bebt ...

Spätnachmittag.

Ich stehe am Fenster. Ich sehe auf die Wagen, die von der Place Vendôme kommen. Wie Bronze blinkt das Licht über die Tuilerien. Ich habe D. in seinem Hotel besucht, ein Telegramm an May nach Cannes geschickt, ich bin - o Wunder - Mme. de R. an der Madeleine begegnet. Wir haben im Gehen eine Viertelstunde geplaudert. Mir ist, als wüsste ich wieder alles, was hier seit zwei Jahren geschehen ist. Todesfälle, Scheidungen ..., die kleine J. hat sich verlobt. So geht es fort. Dann alle, die an der Front sind ... manche tot, vermisst „Man ist jetzt eher einfach geworden ...", sagte Mme. de R. ... „wir haben unser Automobil aufgegeben. Man nimmt das Metro, geht zu Fuß. Kommen Sie doch Dienstag zum Tee", sagte sie beim Gehen. „Mit Vergnügen." Ich hatte es so eilig, hatte so viele Ziele, so viel Unruhe in mir.

Ich habe diese Stadt nun wieder seit ein paar Stunden erlebt. Es ist etwas Merkwürdiges um das Sehen. Ich hatte diesen Zauber jahrelang gefühlt und schließlich kaum mehr darauf geachtet. Jetzt ist mir, als sei ich vorgestern noch blind gewesen, als hätte ich ein unendlich bescheidenes, und kümmerliches Bild des Lebens im Blick gehabt.

Ich habe plötzlich wieder die Fähigkeit bekommen, erstaunt zu sein, mich auf der Straße alle hundert Schritte umzusehen, mit großen Augen einer Silhouette zu folgen, über den elastischen Gang eines jungen Mädchens zu träumen, vor einem Schaufenster zu stehen und hinein zu sehen, wie einer, der von dem nördlichsten Norwegen oder aus Afrika kommt und dem nun alles bizarr und verblüffend erscheint.

Ich glaube nicht, dass die Frauen hier viel schöner sind als in anderen Ländern, aber entzückend ist die Art, wie sie sich bewegen, der Rhythmus ihrer Glieder; nicht, dass Hunderte exquisit gekleidet sind, ist das Besondere, sondern, dass auch die Einfachste, Ärmste, etwas von Charme, von Geschmack an sich hat ... und über all dem Erklärlichen, dem mit Verstand zu Ermessenden ist noch etwas Unbeschreibliches, Merkwürdiges ... Es ist die Seligkeit das zu erleben, eine Seligkeit ...

Nachts.

Ich habe mit D. und M. gegessen. Wir gehen über die großen Boulevards. Die Lichter sind abgeblendet. Die Boulevards gleichen riesigen dunklen Hallen, in denen die gedrängte Menge fließt. Tausend Gesichter huschen wie etwas Geheimnisvolles vorbei, Augen blitzen auf und sind schon wieder ins Dunkel getaucht. Dazwischen sausen Automobile, schreien Chauffeure.

Am Himmel fallen Sterne. Ein Feuerwerk. M. sagt: „Fliegeralarm." Wir gehen weiter. Man kümmert sich wenig darum, was Flieger bedeuten könnten. Es ist Samstag vor Weihnacht.

Wir treten in ein Variété. Kopf an Kopf gedrängt. Als ob eine Armee zu einem Theaterabend geladen wäre, ist Uniform neben Uniform. Es ist ein fröhliches und dankbares Publikum. Der Beifall bricht los wie ein Orkan. Man schreit vor Lachen. Nerven, die der Zone der Gefahr entronnen sind, toben sich aus.

Sonntagmorgen.

Ich bin ins Bois gefahren. Der Morgen ist frisch. Die Avenue du Bois ist voll Bewegung und

Menschen. Welcher Charme der Frauen. Hier ist Krieg und trotzdem alle beschwingte Grazie, alle Feinheit in der Tönung, aller Geist im Kontur der Silhouetten.

Es ist ein ganzer künstlerischer Eindruck. Uniformen geben Buntheit, geben Farben in allen Nuancen. Darüber steht blassblau der Winterhimmel, die Gesichter sind vor Kälte frisch. Da ist eine Gruppe von jungen Mädchen mit schlanken, hohen Gazellenbeinen. Andere folgen. Sie kommen ins Schwärmen. Die ganze Avenue ist ein bizarres Fest.

Ich gehe zwischen den kahlen Bäumen bis zum Sentier de la Vertu ... und weiter bis zum verlassenen Tir aux pigeons. Was für Erinnerungen. Frühlingstage ... ich sehe May in einem weißen Kleid. Ein leiser Schmerz bebt mir in den Schläfen wie eine ganz ferne, halb verschollene Melodie ... und Sehnsucht ...

Wie ich zurückkomme, ist die Avenue stiller. Es ist bald ein Uhr. Vor mir gehen zwei Offiziere. Der eine mit einem Holzbein. Aber er schreitet außerordentlich rasch trotz seiner Krücke. Dabei erzählt er den anderen eine Geschichte und lacht laut mit seinem rosigen, jungen Gesicht.

Es tut mir wohl, diesen jungen Menschen aus vollem Halse lachen zu hören.

25. Dezember.

Ich bin bei J. zum Tee gewesen. Ich traf dort G. Er hat Rheumatismus, kann zeitweise kaum mehr gehen. Auch F. war da. Ich beglückwünschte ihn zu seiner Vorrede zu Charles Blanchard, diesem unerhörten Buch einer Kindheit, voll von schrecklicher Kälte und gespensterhaftem Hunger. Kaum einer hat Charles-Louis Philippe so gefühlvoll erfasst.

Wir sprachen auch von Henri J. Levet, der vor einem Jahrzehnt an Tuberkulose gestorben ist und von dem ein paar Gedichte, die er vor seinem Ende auf Postkarten kritzelte, noch im Gedächtnis seiner Freunde erhalten sind. R. hat mir einst davon rezitiert. Es ist für uns ein melancholisches und spirituelles Spiel, ein paar seiner letzten Strophen zu rekonstruieren ...

L'Ecosse s'est voilée de des brumes classiques
Nos plages es nos lacs sont abandonnés
Novembre tribunal suprême des phitisiques
M'éxile sur les bords de la Méditerranée.

J'aurai un fauteuil roulant plan d'odeurs légègres
Que poussera lentement un valet bien stylé
Un claur soleil vernira mes heures dernières

Cet hiver sur la Promenade des Anglais.

Pendant que Jane qui est devenue la compagne
D'un richt et farouche éleveur de moutons
Emaille de sa beauté un prairie australe
De plus de cing cent mill pieds carrés, me dit-on.

Et quand le ciel pâle et doux de mon crépuscule
Aura terni le flot méditerranéen,
Là-bas, dans la Nouvelles - Galles - du - sud,
Laube d'un jour d'été se lèvra - C'est bien.

L. W. sitzt unterdessen schweigsam in einem Fauteuil in der Ecke. Dann beginnt er mit großer Ruhe ein paar führende Geister unserer Zeit zu demolieren. Er will außerdem nach dem Süden gehen und sein neues Buch fertig schreiben.

Ich gehe mit F. weg. Der Nord-Süd rattert durch die Gewölbe. Eine schöne Frau neben mir flirtet mit einem Offizier. Ich denke: Die Uniform bedeutet doch Prestige. Aber vielleicht besteht Prestige doch darin, dass er mit seinem Gesicht - mit Millionen anderen - eine Front bedeutet, eine Bevölkerung deckt, dass dieses Gesicht bereit ist, Granatsplitter und sengende Dämpfe aufzufangen. Schließlich ist man doch gar nichts gegenüber einer solchen Situation.

Wandlungen.

Es ist ganz gewiss: Paris hat sich verjüngt. Seine Blasiertheit der vergangenen Jahre, die Pose geistreicher Müdigkeit, der ironische Snobismus, all das ist dem Krieg gewichen. Die Menschen sind frischer, natürlicher geworden. Ein großer Ernst ist in den Augen. Man ist voller Zuversicht und dennoch unpathetisch. Trotz des Krieges hat Paris kaum je mit einer größeren inneren Intensität gelebt. Da war vorher eine Stadt, in der man nur an das Leben und kaum an den Tod dachte. Jetzt bringt jeder Tag Tausende von der Front. In ihnen ist eine unendliche Glut des Erlebens, ein hinreißender Drang, diesen ganzen seligen Rausch des Daseins noch einmal zu kosten. Sie genießen wie Entgeisterte, deren Gefühl zugleich auf den Jubel des Tages und auf das Bange der Zukunft verteilt ist, sie erschauern wie Wissende, deren Augen schon in die Leere des Todes gestarrt haben.

Idyll.

Ich war heute auf dem Montmartre. Er ist stiller, poetischer geworden. All der Prunk geschminkter Damen, all die Attrappen für die Naivität fremder Parvenues, all die ausländischen

Impresarii bunter Vergnügungsetablissements sind verschwunden. Man sieht wieder die Gesichter braver Bürger, die früher im Wirrwarr exotischer Erscheinungen, im Lärm der Zigeunerkapellen und im Geschwirr fremder Laute wie etwas Scheues und Bedeutungsloses vorbeigeglitten waren, man sieht sie wieder in ihrer ruhigen Behaglichkeit, man hört wieder eindeutig die französische Sprache. Junge Mädchen gehen unbelästigt spazieren, Kinder spielen an der Place d'Anvers in der Sonne, alte Leute trippeln mit zagen Schritten im warmen Nachmittag, es ist da eine verschollene Zeit wieder erwacht, fast jenes ferne Idyll, da die Maler noch auf Montmartre hausten und noch nicht von der Lebewelt und ihrem Tross nach dem Boulevard Montparnasse vertrieben worden waren.

Der Montmartre war vor dem Krieg wie ein Feuer der Versuchung, das die kleinen Midinettes, die aus der Rue de la Paix nach den nördlichen Vorstädten nach Hause gingen, allabendlich durchschritten. Wo früher von der Place Clichy bis zur Place Pigalle eine flirrende Affiche die andere überstrahlte, wo tausend verführende Stimmen lockten, geht das junge Volk zwischen fünfzehn und zwanzig jetzt unbehelligt seinen Weg, die Place Pigalle ist von allen bösen Geistern verlassen,

Herren und Damen amüsieren sich im Cirque Mérano wie die Kinder, und gegen 11 Uhr ist alles still: da und dort blinkt am Himmel ein Licht auf und verschwindet wieder. Fliegerpatrouillen, die hoch im Dunkel kreisen. Und der Montmartre schläft wie eine ruhige, friedsame Stadt.

Intermezzo doloroso.

Ich bin bei G. auf seiner Redaktion gewesen. Wie in einem Taubenschlag schwirrt es in den Salons dieses Blattes. Schauspielerinnen und Deputierte, Autoren und Börsianer, Reporter und Damen der Gesellschaft, kurz, ein Gewimmel der am Pariser aktiven leben beteiligten Gesichter wartet auf ein Rendez-vous mit einem der paar Dutzend Redakteure. Und da geschieht plötzlich etwas, was den anderen entgeht, weil es für sie etwas Bekanntes und Gesehenes ist, was mich aber so still macht, dass ich etwas, wie eine dumpfe Musik der Schmerzen, in mir klingen höre: Unter der Türe steht ein junger Offizier. Er hält einen Stock in der Linken und schiebt ihn vor, als ob dieser Stock das einzige wäre, was ihm von allem, was vor und um ihn ist, ein Gefühl bringen könnte. Er trägt einen dunklen Zwicker und ist kaum dreißig Jahre alt. An seiner Rechten geht ein junges Wesen, fast noch ein Kind; er hält ihren Arm ganz unauffällig, fast scheu und etwas stolz und verschämt zugleich und es ist in dieser leisen Bewegung alle Hingabe und Zärtlichkeit, alle Dankbarkeit und alles Vertrauen - und dennoch - wie sich jetzt seine nervöse Hand über ihrem schmalen kindlichen Arm schließt, bebt er plötzlich und sein Mund ist von Misstrauen und Bitternis, Bangen und Qual vor dem Unbekannten und Unsichtbaren umschattet, als ob sie über alles hinausgehoben und hingestellt wäre, als etwas, das für alle Blicke da ist, indes er sich in den Tiefen seiner Nacht und Einsamkeit gekauert hält. Sie setzten sich nun beide. Sie spricht leise auf ihn ein und sein Gesicht ist wieder glatt und etwas kühl, als ob alles nur eine schmerzhafte Welle gewesen wäre.

26. Dezember.

Ich erhielt von May ein paar Zeilen. Sie verbittet sich in Zukunft Telegramme. Leute, die heute Depeschen bekommen, werden leicht verdächtig. Ich erinnere mich, dass Krieg ist.

2. Januar.

Ich gehe jeden Tag in ein kleines Bureau de tabac, um mir Zigarren zu kaufen. Eine etwas dicke Frau sitzt neben der Kasse, zwei jüngere schwirren herum, bedienen mit Emsigkeit, lächeln sanft, während sie mir die Zigarrenkisten zur Auswahl hinhalten und ich muss dabei an den guten Züricher Doktor Sch. denken. Er hat mir oft gesagt, während er mir eine Sonde durch die Nase in den Hals hinunterstieß: „Wissen Sie, wir oberflächlichen Beobachter halten die Französin für ein eitles, putzsüchtiges Geschöpf, man hat ihr im Ausland durch die schlechte exportierte Literatur diesen Ruf gemacht. Doch nach meiner Beobachtung ist die Frau des französischen Bürgerstandes ein prachtvolles Wesen. Sie hält in der Familie, im Geschäft die Kasse, sie arbeitet von früh bis spät, tummelt sich wie eine Biene, ist charmant, intelligent, dabei wird sie nicht zum Arbeitstier, sondern bewahrt einen entzückenden, weiblichen Reiz ..."

Guter Doktor, ich habe jetzt wieder tausende solcher Frauen gesehen, als Kondukteure im Metropolitain, an den Schaltern der Bahnhöfe, in den städtischen Bureaus, hundert verschiedene Tätigkeiten und Missionen. Sie sind tapfer und vehement, klug und liebenswürdig ... Frankreich hat eine unendliche Kraft in sich, sie ruht in der Tüchtigkeit seiner Frauen.

Répétition générale.

G. hat mich in seine Loge mitgenommen. Das Spiel hat schon begonnen. Es stellt eine Bühne auf der Bühne dar. Das Theater der Fumnambules um 1830. Ein Publikum lärmt, und Pierrot tritt auf. Es ist Sache Guitry. Er spielt Jean Gaspard Debureau, den größten Mimen des vergangenen Jahrhunderts. Er zeigt ihn in der Pantomime von Pierrot und dem Marchand d'habits. Er zeigt Debureaus Aufstieg, die Tragödie seiner Liebe und sein Ende ... Sacha Guitry spielt sein eigenes Stück, er mimt die Tragik allen Ruhmes, allen Künstlertums, er gibt kaum eine Intrige, die Struktur ist fast biografisch, und doch fesselt er durch die Geste des Lebens. Sacha Guitry selbst spricht nicht wie ein Schauspieler, sondern wie ein Mensch. Seine Stimme ist leicht melancholisch, fast nachdenklich. Er tut sich keinen Zwang an. Es ist, als unterhielte er sich mit Freunden. Und was er sagt, ist unmittelbar, einfach, verblüffend natürlich. Alles ist nebeneinander, das Heiterste und das Traurigste, und es ergreift uns, weil es wahr ist, weil er den Ton kaum zu heben braucht, um die Ekstase und den Jammer unserer Existenz fühlen zu lassen. Und es ist, als ob diese Wahrheit auch alle seine Mitspieler dämpfte und hinrisse, dass sie mit anderen, ergreifenderen Zungen redeten ... Über dem Parkett liegt eine leise Dämmerung, in den Logen ist Gesicht an Gesicht gedrängt, und alle sind ein einziges sensibles Instrument, in dem jeder Hauch, jeder Tonfall widerhallt, alle sind wie eine einzige leidende und jubelnde Kreatur ... Und diese Menschen, all die bekannten Gesichter von Paris, die dieser Répétition générale des neuesten Stückes von Sacha Guitry im Vaudeville-Theater beiwohnen, wissen nach dreieinhalb Jahren des Krieges weit mehr als früher, was das Leben bedeutet; manche sind mit Krücken gekommen, andere hat ein Zufall für ein paar Tage von der Front nach Paris geführt; sie empfinden zehnfach den Charme und die Melancholie dieses Spieles, sie fühlen, dass jeder Augenblick des Atmens kostbar ist, jeder Augenblick des Atmens ...

Man tritt in den Abend hinaus, in das Gewimmel. Ich denke trotz allem wieder: Es ist, als ob in dieser Stadt kein Krieg wäre, als ob der ganze Strom dahinflösse wie einst ...

4. Januar.

Ich besuchte Mme. G. auf dem Montmartre. Sie zeigte mir Skizzen zu einem Negerroman. Sie ist eine entzückende, talentvolle Frau. Nachher ging ich die rue Caulaincourt bergaufwärts am Hippodrom vorbei bis zur Brücke. Unter dieser Brücke, über die vom Morgen bis zur Nacht Wagen donnern, liegt der Cimetière Montmartre und zwischen den Pfeilern ein Grab, darauf steht: „Arrigo Beyle, Milanese. Visse. Scrisse. Amò." Es ist wie ein Programm einer Existenz. Stendhal hatte französisch geschrieben und Italien geliebt. Es war die Heimat seines Herzens.

Er hatte viele Testamente gemacht und nie aufgehört, den seiner Seele nächsten Ort für seine letzte Ruhestätte zu suchen. Dann war er in Paris plötzlich auf der Straße gestorben, und da die Wünsche seines Herzens seinem Testamentsvollstrecker zu merkwürdig und auch zu teuer waren, ließ er ihn hier bestatten, wo er nun schläft, der subtilste Dichter, im unruhigsten aller Gräber.

Und ein paar Schritte, weiter drüben ruht Heinrich Heine ... Wie Pole sind die beiden, und über allem ist Sehnsucht ... nach der Gemeinschaft ihrer Geister und den schönsten Jahren unserer

Jugend, die wir in dieser Luft und in diesem Drang verlebten.

Causerie.

Ich bin bei Mme. de R. zum Tee. Sie ist jetzt durch den Krieg etwas einsam geworden. Wo sich früher ein paar Dutzend Personen getummelt haben, sind wir nur unser fünf. Ein älteres Ehepaar, das ich zum ersten Mal sehe, und das nur von seinem Sohn spricht, der Aviatiker ist. Dazu eine junge Dame, die mir von Pferden und vom Golf in Fontainebleau erzählt. Das ältere Ehepaar weicht schließlich, nachdem es sehr umständlich Abschied genommen hat. Die junge Dame muss noch zu einem anderen Tee. Ich bin mit Mme. de R. allein.

Ich sitze ihr gegenüber. Sie erzählt mir vom Schlosse C., das als Lazarett eingerichtet ist, und wo sie zwei Jahre als Oberschwester verbracht hat. Sie spricht munter. Es ist, als ob all der Jammer des Krieges ihre Nerven gestärkt und widerstandsfähiger gemacht hätte.

Sie fragt mich nach May. Sie hat Bekannten ihre Ankunft in Paris angesagt. Aber niemand weiß etwas Genaues darüber. May ist das unberechenbarste Geschöpf dieser Welt, eher amerikanisch als französisch erzogen, ein in ihren Entschlüssen schwer zu beeinflussendes junges Mädchen.

„Sind Sie noch immer verliebt?", fragt Mme. de R. und lacht.

„Ich weiß nicht ..." Mir ist wirklich, als ob alles ungewiss wäre und im vagen stünde. Wir sprechen lange von einem Ball, auf dem sie eine farbige Perücke trug. Es war sechs Monate vor dem Krieg. Es klingt uns wie aus einer anderen Welt.

Wir gehen auf den Balkon. Wie ein leiser violetter Schleier liegt Nebel über der Stadt.

Ein schmerzhaftes Verlangen nach all dem Vergangenen brennt mir im Herz.

Promenade sentimentale.

Ich bin heute wieder in die alten Quartiere gegangen. Ich liebe die Quais, die schmalen Gassen zwischen der Seine und dem Boulevard St. Germain, dann ist noch ein Schritt hinüber nach St. Sulpice. In den meisten heutigen Städten kann man nicht mehr spazieren gehen. Überall ist Hast und Jagd, jeder trägt in seinen Augen einen Ausdruck, der zeigt, dass er einen Plan, ein Ziel hat, dass er seine Schritte nicht von ungefähr da oder dorthin lenkt, jeder seiner Gesten hat einen Zweck, ist ein kleiner bewusster Teil in der großen Hetze des Tages.

Anders hier. Ich schlendere über Brücken, sehe ins Wasser, betrachte ein paar Lastkähne, die ausgeladen werden. Sehe nach den festen, nackten Armen der Männer, die über ein schmales, schlankes Brett schwere Schiebkarren herausfahren. Das Auge folgt der Biegung des Steges. Ich atme auf, wenn der Karren glücklich draußen ist.

Dann betrachte ich wieder den Himmel, die vielfältigen Häuserkonturen und stehe plötzlich vor dem Laden eines Antiquars. Da liegen ein paar schöne alte Bücher draußen mit verblichenen goldgepressten Einbänden. Da ist ein frivoler Autor aus dem 18. Jahrhundert und daneben ein Gebetbuch. Alles eint sich. Meine Hand geht liebkosend über das alte Leder, der Blick versenkt sich in die alten Typen. Wie schön das doch gedruckt ist und wie banal ist unsere Zeit in allem, was sie darin schafft. Ich werfe einen Blick in den halbdunklen Laden, wo noch ganze Reihen von kostbaren Bänden stehen und ich denke mir, es müsste jetzt ein alter Herr mit einer Brille und einem Käppchen und einem etwas verblichenem Rock aus dem Dunkel kommen und mir etwas zum Verkauf anbieten oder noch eher sich in ein Gespräch einlassen über Kupferstiche; aber es kommt kein alter Herr heraus, sondern ein etwas blasses, junges Mädchen in einem schwarzen Kleid. Sie fragt mich leise, ob ich etwas wünsche und ich antworte, dass ich gar nicht die Absicht hätte, den frivolen Autor noch auch das Gebetbuch zu kaufen. Sie lächelt dazu freundlich und tritt wieder ins Dunkel zurück.

Ich schlendere weiter und stehe vor einem Hotel, in dem ich vor langen Jahren in Frühlingstagen gewohnt habe. Ich liebte damals die Zeichnungen von Aubry Beardsley. Er hatte hier die letzten Tage verbracht, ehe er nach dem Süden fuhr. Von hier schrieb er die erschütterndsten Briefe an seinen Verleger. Wie einer schreibt, bevor er stirbt. Es ist da irgendwo eine Stelle, wo er sagt, dass er vor einem Café sitzt, die Kastanienbäume sind im ersten Laub, der ganze Frühling ist über Paris, die Zwischenaktsklingel eines Theaters tönt nebenan und auf dem Boulevard geht der Strom vorbei ... Wenn einer das schreibt, während sein Leben von Blutstürzen bewegt wird ... es ist eine Unendlichkeit von Melancholie ... Da ist ein anderes kleines Hotel, in dem Oscar Wilde starb, als er unglücklich und fett geworden war ... Da sind deren Dutzende, die mittelalterlichen Herbergen gleichen und in deren winklige Zimmer sich Menschen von Geschmack und Kultur aus aller Welt zurückgezogen, wie in den Schatten und Schutz einer großen Tradition, nachdem sie müde und verstoßen die Tragikomödie ihrer Existenz auf einer anderen Bühne ausgespielt hatten.

Bilder.

Ich trete bei V. ein. Es ist schon am Zunachten. Ich sehe im Zwielicht Neues von Renoir. Er zeigt mir von seinen Luxusausgaben: Parallèlement ... Daphnis und Chloe ... mit den Zeichnungen von Pierre Bonnard. Diese Skizzen sind allerschönste Poesie, zarten und zärtlichen Gebilden von Verlaine ebenso sensibel an den Rand geschrieben. Hingehauchte Mädchenkörper, Umschlingungen, gedämpfte Gebärden, lässig hingestreckte Glieder und wieder tanzende, taumelnde Paare - dazu wie eine Vision ein Porträt von Verlaine ... alles so gefühlvoll vom Strich bezwungen, alles Körperliche so in Atmosphäre und Farbe aufgelöst, dann Daphnis und Chloe in weichem Kontur, ebenso zart und malerisch und schmiegsam mit kosender Grazie. Es ist ein Entzücken, sich über diese Blätter zu neigen.

Daneben sind düster und beklemmend Rodins Zeichnungen zu Mirabeau: „Le Jardin des Supplices", diesem furchtbaren Buch der Grausamkeiten. Da sind Linien von schrecklicher Gewalt, Körper kaum lasiert, kaum angetönte Marter, daneben schwarz blutende Stirnen und entsetzlich verbogene Hände, ein Strom von Schmerzen über geschundene Glieder, dies alles in atemberaubender Einfachheit.

Tänze.

In einer Gelassenheit fragte mich eine Dame verstohlen: „Wissen Sie auch, dass noch getanzt wird?" Sie gab mir Ort und Zeit an und etwas wie ein Passwort. Sie sprach leise, als hätte sie ein großes Geheimnis. Die Polizei hat Musik und Tanz verboten. In den Familien ist es schlechter Ton, zu tanzen, und trotzdem ist die Lust da ...

Ich trete in ein großes Portal, durchschreite den Hof und wende mich in einen zweiten Hof. Auf einer schmalen Treppe komme ich nach oben. Da tönt hinter einer Türe gedämpfte Tangomusik - ganz von fern her.

Ich läute, sage einen Namen und werde

eingelassen. Da ist zuerst ein Zimmer, dann eine Garderobe, dann ein kleiner Saal. Und jetzt geschieht das Merkwürdige. Da ist ein Raum prall voll derselben Menschen, die ich einst an selben Orten sah, jenes merkwürdig bunte Publikum, das sich bei Premièren und an Renntagen zusammenfindet - junge Schauspielerinnen und exzentrische Damen der Gesellschaft, ein paar junge Offiziere, ein alter nordischer Diplomat, der von Gruppe zu Gruppe geht -, junge Herren, die den Krieg schon hinter sich haben und ihre Narben unter dem Zivilrock verbergen. Und die Musik setzt wieder ein und die Paare nehmen diesen Tanz so ernst wie damals; sie haben dieselben verträumten Mienen, während sie sich drehen und es ist dazu noch der Reiz des Verbotenen vorhanden, der Heimlichkeit; wie etwas Naives und Sündiges zugleich geht die Handlung vor. Hinter vielen Türen, über vielen Stiegen, gedämpft und als ob man auf den Fußspitzen ginge, um das Gefährliche nicht zu wecken. So ist da noch etwas vom alten Paris, vom Paris vor dem Krieg vorhanden; es ist im Grunde eine Harmlosigkeit, aber in dieser Zeit wirkt es wie eine Versuchung, der man erliegt.

Sehnsüchtige Stunde.

Ich habe in der Buchhandlung unter den Arkaden der rue Castiglione in allerlei Bänden geblättert und ein junges Mädchen hat mir zuletzt „Barnabooth" von Larbaud in ein weißes Papier gehüllt und das Paket versiegelt. Ich fand die Handlung des Versiegelns, die sie mit ihrer schmalen, etwas blassen Hand vornahm, charmant.

Jetzt lese ich, in einen Fauteuil gekauert, die Geschichte vom „Pauvre chemisier", das heißt von der Kollision des Milliardärs Barnabooth mit dem armen Hemdenmacher. Ich kenne all diese entzückende Ironie schon seit Jahren und möchte ein Dutzend Seiten von Observationen über dieses seltene Buch hinsetzen, aber da fangen mich wieder ein paar Verse ein, die mich schon damals mit ihrer Melodie leise entzückten.

Dans le clair petit bar aux meubles bien cirés
Nous avons longuement bu des boissons anglaises;
C'était intime et chaud sous les rideaux tirés
Dehors le vent de mer faisait trembler les chaises.

On eut dit un fumoir de navire ou de train;
J'avias le coeur serré comme quand on voyage;
J'étais tout attendri, j'étais doux et lointain;

J'étais comm un enfant plain d'angoisse et très sage ...

Cependant, tout était si calme autour de nous!
Des gens, près du comptoir, faisaient des conficences.
Oh, comme on est petit, comm on est à genoux,
Certains soirs, vous sentant si près, o flots immences!

Erinnerung steigt in mir auf wie eine dunkle Welle im Blut, Tage von Dinard, wo die Luft flirrend blau über den Felsen stand, Tage unvergessliche, da wir nach Krabben fischten, stundenlang im warmen Sand lagen und den Blick im fernen Horizont verloren. Nächte, da die Wogen wild und unermüdlich auf den Strand hämmerten und an mein waches Herz schlugen ...

5. Januar.

M. L. fragte mich, ob ich die britische Front sehen wollte. Ich habe mit Freuden zugesagt.

Samstag, mittags 3 Uhr.

May hat eben telefoniert. Ich saß ahnungslos am Tisch und schrieb, als der Apparat klingelte. Ich hatte Herzklopfen als ich ihre Stimme hörte.

Sie ist schon am Mittwoch von Cannes abgefahren, aber zwei Tage im Schnee stecken geblieben. Sie will jetzt zum Tee kommen ...

Ich gehe ruhelos im Zimmer auf und ab. Ich entschließe mich, einen anderen Anzug anzuziehen.

4 Uhr 10.

Meine Nervosität ist ganz unerträglich. Ich irre fortwährend vom Schlaf- ins Badezimmer. Ich lasse mir kaltes Wasser über die Hände rinnen. Ich meine, das müsste mich beruhigen. Es hilft wenig. Ich versuche eine Pfeife zu rauchen. Ich habe mir vor drei Tagen eine Pfeife gekauft und englischen Tabak. Ein Mensch, der eine Pfeife im Mund hat, sieht ruhig aus. Es schien mir ein Heilmittel zu sein für meine Nerven. Aber die Pfeife löscht alle zwei Minuten aus und der Tabak brennt mich auf der Zunge.

4 Uhr 30.

Wenn es nur erst fünf Uhr wäre. Die Erregung ist mir unerträglich.

Abends.

Sie kam gegen fünf. Ganz pünktlich, wie es ihre Gewohnheit ist. Ich erwartete sie in der Halle. Ich fühlte mein Herz bis an die Schläfen pochen, als ich ihr entgegentrat. Sie sah noch jünger aus als vor zwei Jahren. Man gäbe ihr kaum neunzehn. Wir setzten uns in den Lichthof zum Tee. Ich muss während einer Viertelstunde erregt und unzusammenhängend gesprochen haben, denn sie sah mich zuweilen neugierig und etwas erstaunt an.

Sie erzählte ausführlich ihre Reise. Der Express war einen Tag und eine Nacht im freien Feld im Schnee. Sie teilte ihr Coupé mit noch einer Dame und zwei englischen Offizieren. Sie sagte: „Sie haben uns wie Kinder gepflegt, haben uns mit ihren Mänteln zugedeckt, sind ins benachbarte Dorf gegangen, um zu essen zu holen ..." Sie war enthusiasmiert von der britischen Armee. „Natürlich", wandte sie ein, „ein junges Mädchen schließt von zwei Offizieren gleich auf die ganze Armee."

Sie lachte und sah mich über die Teetasse weg wie ein kleines Mädchen an: „Sind Sie eifersüchtig ..."

„Schon möglich ...", gab ich zu.

Zuletzt behauptete sie, dass junge Engländer

aus guten Familien überhaupt die besterzogensten Menschen der Erde seien.

Ich sagte: „Kommt es in allen Fällen nur auf die gute Erziehung an?"

Sie antwortete ärgerlich: „Sie sind immer noch unausstehlich ..."

Sie sagte mir noch allerlei Unangenehmes. Es wurde uns beiden darüber merklich wohler. Sie musste früh weg, sie war bei den B. eingeladen.

Ich ging zu P. zum Essen und bleibe den Abend jetzt ruhig zu Hause. Mir ist, als hätte ich Fieber und dennoch bin ich viel glücklicher.

8. Januar.

Ich bekomme von M.L. ein paar Zeilen, dass ich im Bureau des A.P.M den Pass für das britische Hauptquartier abholen könne.

Nachmittags.

Ich sitze mit May beim Tee. Rings wimmelt es von Uniformen. Wir sind an einem kleinen Tischchen in die Ecke gezwängt. Sie ist heute sehr vergnügt. Als ob ich ein schlechtes Gewissen hätte, zögere ich ihr das von der Front zu sagen.

Sie spricht von der Zeit nach dem Krieg, von Reisen. Sie sagt: „Ich würde dem Menschen an den Hals fliegen, der mir versichern könnte, der Krieg sei im Herbst zu Ende."

Ich habe noch immer nicht den Mut, über das von der Front zu reden. Es ist auch wirklich sehr ungeschickt, dass ich jetzt, wo sie da ist, verreisen soll.

Im Raum ist es sehr heiß. Man sitzt so gedrängt, dass man kaum atmen kann.

Endlich raffe ich mich auf. Aber meine Stimme ist ganz zag, während ich ihr alles vorbringe.

Sie sieht mich nur etwas erstaunt an und sagt: „Das kann ja sehr interessant sein ..."

Mir ist, als sei mir ein Stein vom Herzen. Zugleich bin ich enttäuscht, dass sie es so leicht genommen hat. Aber es ist jetzt doch eine leise Verlegenheit zwischen uns. Als ob plötzlich eine kühlere Luft zwischen uns stände.

Auf einmal fragt sie: „Wie sind Sie auch auf diese Idee gekommen?"

Ich erkläre ihr den Zusammenhang, rede weitläufig von großen Eindrücken, von der Notwendigkeit etwas von diesem Riesenhaften und Schrecklichen, das jetzt geschieht, gesehen zu haben.

Sie äußert dazu: „Ich verstehe nicht, wie ein

sensibler Mensch das auch noch sehen will. Es ist doch genug, zu wissen, dass es schrecklich ist ...“

Ich spreche jetzt von der Kunst, von Impressionen, die unvergesslich sein können.

Sie zuckt mit den Achseln, als wollte sie sagen: „Was ist die Kunst ...“

Ich sage: „Ich denke manchmal auch, dass alle Kunst wenig bedeutet, wenn man nicht glücklich ist, aber man sollte das zu vereinigen suchen ...“

Sie glaubt, dass dies nicht möglich sei. Man müsse entweder der Kunst leben oder der Möglichkeit mit Menschen glücklich zu sein ... Aber beides zu vereinigen sei ein schiefer Kompromiss.

Ich zitiere ein Wort von Flaubert, das ich vag im Gedächtnis habe: Un homme qui s'est institué artiste n'a plus le droit de vivre comme les autres ...

Sie sagt: „Sehen Sie, dass ich Recht habe ...“

Ich meine, dass das vielleicht doch ein relativer Standpunkt sei. Aber wir sind jetzt beide etwas niedergeschlagen.

9. Januar abends.

Ich sitze mit May in der großen Halle ihres Hotels. Ich bin gekommen, um ihr einen

Abschiedsbesuch zu machen. Sie sitzt vor mir in einem tiefen Stuhl und raucht eine Zigarette zu einer Tasse Kamillentee.

Se ist ruhig und gelassen. Sie beherrscht sich sehr gut.

Ich sage: „Ich reise nun morgen früh …"

Sie antwortet und lächelt: „Ich wünsche Ihnen recht gute Reise …" Sie erzählt dann von all ihren Einladungen für die nächsten Tage und erklärt, dass sie sich gut zu unterhalten gedenke.

Ich habe den Eindruck, dass ich ein sehr verdutztes Gesicht mache.

Sie wird darüber etwas milder und sagt, ich solle zusehen, dass mir nichts passiert. Sie lächelt dazu etwas hilflos. Es ist, als schäme sie sich jedes Eingeständnisses von Gefühl.

Plötzlich steht sie auf und gibt mir die Hand.

Ich begleite sie noch bis zum Lift.

„Gute Reise …" Sie nickt und sieht zugleich über mich weg, während sie emporschwebt.

Ich gehe sehr niedergeschlagen durch die Nacht. Ein grauer Schimmer liegt über den Tuilerien.

Ein einsamer Fiaker kommt die rue de Rivoli entlang. Das Pferd ist alt und müd und der Kutscher fast eingeschlafen.

Morgens.

Ich sitze seit zwei Stunden im Express nach Norden. Wir haben Creil ... Clermont passiert. Der Zug ist fast nur von Militär besetzt, belgische, französische, englische, amerikanische Uniformen. Zwei kleine portugiesische Offiziere sitzen mir gegenüber.

Ich bin müde, habe schlecht geschlafen. Es ist kalt.

Ich träume im Halbschlaf vor mich hin. Ich bin jetzt schon in der Kriegszone. Ich hatte noch nie etwas vom Krieg gesehen. Wird er schrecklicher sein als die Bilder der Phantasie, die im Dunkelsten und Jammervollsten wühlte ...

Ich fühlte eine leise Spannung in den Nerven, die mich auf die Dauer müd machte.

Vor Amiens wache ich auf.

Ich werde vom Capitän K. in Empfang genommen. Wir fahren nach dem benachbarten Schloss, wo er mich vorstellt. Ich werde auf das Charmanteste empfangen. Major H. vom Generalstab ist der taktvollste Gastgeber. Bis zum Tisch studieren wir Karten. Nachher fahren wir in unser Quartier.

Nachts.

Ich werde mich daran gewöhnen müssen wie ein Soldat zu leben. Das Quartier ist gut. Die Wirtin sagt mir, French und Kitchener hätten schon bei ihr gewohnt. Ich höre von fern in der Nacht die Züge rollen. Ich denke: Im entlegendsten Frankreich bekommt man ein gutes, breites Bett.

Schlachtfelder an der Somme.

Es ist nasskalter Morgen. Unser Automobil saust auf der endlosen, schnurgeraden Straße gegen Albert. Es ist ein scharfer Nordwind. Rings sprüht es vom Wasser und Kot. Und der Wind treibt uns alles wie in einen beißenden, schmerzenden Regen ins Gesicht. Die Schutzbrillen sind nach einer Minute von einer braunen Kruste überdeckt, die eine Gesichtshälfte ist übermauert, das Ohr von einer brennenden Schicht überpflastert.

Und der Wagen saust ... fliegt. Alle paar hundert Meter ein Schilderhaus. Ein britischer und ein französischer Gendarm treten vor. Vom Horizont kriecht etwas wie ein grauer Wurm heran. Er kommt näher - eine Kolonne von Motorlastwagen. Die Erde beginnt zu zittern.

Ssssst ... wir sind vorbei. Soldaten arbeiten an der Straße. Sie tragen runde Mützen. Dabei ist ein Junge. Während einer Sekunde sehe ich sein Gesicht. Ich denke: „Deutsche Gefangene." Ich drehe mich um. Sie sind schon wie schwarze Punkte fern ... Automobile mit Offizieren. Motorradfahrer. Seitwärts im Feld ein Lager von Arbeitern. Sie sind klein, merkwürdige Physignomien. Der Hauptmann zu meiner Rechten sagte: „Chinesen." „Ah?" Ein langer Zug von Sanitätsautomobilen, hunderte ... Infanterie auf der Straße. Gedrungene Gestalten, mächtige Schultern, wie Klötze, Gesichter mit Schlitzaugen. Der Hauptmann erklärt: „Neuseeländer ..."

Wie ein Film geht alles vorbei.

Die Straße steigt, senkt sich wie in Hügelformationen. Endlich Häusergruppen. Eine Kurve. Etwas wie ein kleines Dorf. Ein paar durchlöcherte Häuser. Wir rasen weiter. Ein Flieger kreist ziemlich tief über uns und wendet sich nach Norden. Ganz ferne ein paar dumpfe Schläge. Sonst nichts als das Gerassel von Motoren, das Sausen von Rädern.

Endlich senkt sich die Straße, neigt sich gegen das Tal der Ancre. Vor uns liegt Albert. Rings halbzerstörte Häuser, Mauerreste. Albert bietet den Anblick eines zu ungezählten Malen bombardierten Ortes. Bis zur Schlacht an der Somme war die deutsche Linie ein paar Kilometer vor Albert rittlings zur Straße nach Bapaume. Während der Schlacht hatte der Ort das Feuer deutscher Artillerie auszuhalten. Jetzt sind in die Ruinen schon da und dort die Bewohner zurückgekehrt. Die Kirche, ein moderner Bau, ist halb zerschossen. Der Turm, der noch teilweise intakt ist, zeigt das bizarre Bild der waagrecht schwebenden „Jungfrau". Vor der Beschießung trug der Turmhelm auf einem runden Eisengerüst eine vergoldete Bronzestatue der betenden Jungfrau. Durch einen Granatschuss wurden die Eisenstreben auf der Ostseite zerstört, so dass sich die schwere, weit überlebensgroße Figur waagrecht auf die Seite gelegt hat und nur an ein paar Rippen des Unterbaus haftend, im Leeren schwebt. Man sagt, dass die Bauern der Gegend das Ende des Krieges auf die Zeit ansagen, da die vergoldete Statue gefallen sein wird. Es hat aber nicht den Anschein, als ob die letzten Streben brechen wollten.

Wir fahren weiter. Die Straße steigt ganz unmerklich. Nach ein paar Minuten steigen wir aus. Die Landschaft ist verwandelt. Ist es der trübe Januartag? Alles ist grau in grau. Hie und da ein Baumstrunk. Zu beiden Seiten der Straße ziehen sich Systeme von verlassenen Schützengräben. Daneben Granattrichter. Reste von Stacheldraht. Der Hauptmann steht still. Zur Rechten ist ein kleiner Friedhof. Der Hauptmann erklärt: „Hier ist das Dorf La Boisselle." Wir sehen uns um. Aber es ist da kein Dorf La Boisselle. „Hier lagen sich die beiden Linien hart gegenüber ..." Vom Dorf ist kein Rest mehr da. Nicht einmal eine zerfallene Mauer. Als ob ein Orkan alles weggefegt, ausgetilgt hätte, ist keine Spur mehr geblieben. Nur auf dem Friedhof sind jetzt in die alten, von tausend Granaten aufgewühlten, ausgerodeten Gräber Soldatenkörper gebettet.

Wir wenden uns nach Osten. Wir waten bis zu den Knöcheln in einer kreidigen, grau-grünen Erde. Als ob die Giftschwaden der Gase und die Dämpfe der schweren Geschosse den Boden versengt, entfärbt, jedes lebenden Keimes beraubt hätten, zeigt er uns noch die trostlose, fahle Farbe.

Wir nähern uns dem Rücken von Pozières. Hier schwindet jede Beziehung zu unserer Erde. Wir sind in einer Landschaft des Mondes. Trichter reiht sich an Trichter, soweit der Blick reicht. Halb mit Wasser gefüllte Löcher, in denen sich der graue Winterhimmel spiegelt, sehen uns wie tote ausgestorbene Augen an.

Das ist die Stätte der furchtbaren Julischlacht an der Somme. Unser Begleiter nennt uns Orte nördlich, südlich, im Gelände das wir übersehen können. Fricourt, Mametz ... sie sind alle nicht mehr. War Pozières, auf dessen Trümmern wir stehen, vor dem Krieg ein großes, ein kleines Dorf? Heute hat es mit allen anderen nur noch seinen Namen auf der Karte. Nicht einmal mehr Ruinen bezeichnen den Ort.

Der Höhe etwas vorgelagert, steht noch ein kleines Blockhaus mit Schießscharten. Es war ein deutscher Beobachtungsposten und zugleich ein deutscher Stützpunkt, von dem aus die Mitrailleusen das ganze Vorgelände abmähten. Der kleine Bau ist darum eine Kuriosität, weil er trotz der heftigsten Beschießung nicht zerstört wurde. Er ist aus armiertem Zement und Eisenbahnschienen konstruiert, nach der Ostseite geht eine schmale Treppe zu einem kellerartigen Unterstand.

Man gibt sich hier Rechenschaft, wie eine ganz geringe Terrainerhöhung mit übersichtlichem Vorgelände dem Angreifer unendliche Schwierigkeiten bereitet. Erst fünf Tage nach Pozières konnte der eigentliche Rücken mit dem „Moulin à vent" genommen werden.

Wir stehen hier auf dem östlichen Punkt, der in

den Julikämpfen erobert wurde. Auf dem Platz der einstigen Mühle steht jetzt ein Kreuz, daneben liegt in einem Granattrichter von der Größe eines kleinen Teiches ein krepierter Tank, die ganze Schale des gefährlichen Tieres noch intakt, der Rest ist demontiert.

Nördlich von uns liegen Thiepval, St. Pierre Division, Punkte, wo sich die deutsche Linie noch bis zum September halten konnte. Jetzt ist alles ein riesiges Totenfeld. Der Nebel steht wie ein dünner, durchsichtiger Schleier über dem Gelände. Wie tiefe Runen sind darin noch die alten Gräben und daneben ungezählte Gruppen von kleinen Kreuzen. Namenlose Ruhestätten. Kaum ist an der Farbe noch zu erkennen, ob es ein französisches, britisches oder deutsches Grab ist.

Wie etwas Geheimnisvolles, Unheimliches und Bedrückendes fließt es in unsere Nerven ein.

Wie sollen diese Felder wieder grünen, wie soll der Pflug gehen über diese Äcker, wo, kaum unter der Oberfläche verschüttet, tausende von Körpern ruhen. Grauenhafte Landschaft, wo, soweit das Auge sieht, nicht ein Fleck ist, auf dem nicht einer starb, von allen Bränden der Hölle versengt.

Es ist, als ob unsere eigenen Glieder schwerer würden, als ob wir, die wir im tiefen Schlamm dieses Schlachtfeldes waten, all die Last der Qual mitschleppten, als ob die Erde davon übervoll wäre und wie in einem lähmenden Fieber all der Jammer, mit dem sie getränkt ist, wieder ausströmen müsste ...

Wir steigen in unser Automobil. Auf den langen Straßen zieht wieder der ganze Tross an uns vorbei. Da sind Menschen und Farben und Spuren aller Erdteile wie in einem riesigen Aufmarsch. Da ist Bewegung und Leben. Alles ist wie Erlösung nach den dumpfen Feldern des Todes.

Abends.

Wir sind von Major Litton zum Essen geladen. Er ist ein ganz besonderer Typus von Engländer. Er spricht rasch und treffend, sprüht von Witz und Lebendigkeit. Er war drei Jahre lang Champion des Paume-Spieles in England. Er scheint die schlanke Struktur des britischen Sportsmannes mit dem Temperament des Franzosen zu verbinden.

Es ist ein wirkliches Vergnügen, in seiner Gesellschaft einen Abend zu verbringen.

Bapaume.

Wir fahren von Warlencourt her in Bapaume ein. Es gibt beschossene Städte, die Ruinen sind, es gibt Dörfer im Kampfgebiet von denen kaum ein Stein übriggeblieben ist. Bapaume bietet ein anderes Bild. Es sind da nicht Löcher in den Giebeln, von Maschinengewehren durchsiebte Mauern, Bapaume ist wie von einem Erdbeben zerstört. Als ob eine furchtbare Gewalt aus der Tiefe aufgestiegen wäre und den ganzen Ort gen Himmel geschleudert hätte, ist er zertrümmert aufgewühlt.

Der Morgen ist grau. Nebelstreifen irren in den Ruinen, da ist ein Obstgarten, in dem die Bäume stehen. Dort hängt noch das Dach über einer elenden Hütte, von der kaum zwei Mauern geblieben sind.

Ein Wachposten tritt vor. Soldaten arbeiten am Weg.

Es ist eine Schwere in der Luft, eine Trostlosigkeit.

Wir biegen auf die lange Straße nach Arras ein. Dumpf donnert es im Osten. Wir fahren jetzt fünf bis acht Kilometer von der ersten Linie entfernt der Front entlang. Auf der Straße rollt es von schweren Transporten. Eine Gruppe von Fliegern kreist über uns und geht dann staffelartig nach Osten. Längs des Weges sind Anlagen mit Stacheldraht. Da sind auch noch die früheren deutschen Positionen.

Ich überlege: Es ist seltsam wie rasch man sich an das Bild der Zerstörung gewöhnt. Man fährt stundenlang durch Verwüstung und der Blick beruhigt sich, das Gefühl wird müde. Man sieht sich unwillkürlich nach pittoresken Details um, nach Ruinen, die ein ganz besonderes Schicksal haben. Man denkt kaum mehr an die Menschen, die hier lebten, deren Sehnsucht sich von irgendwo aus der Welt alle Nächte hier eingräbt und wie etwas Verirrtes und Jammerndes in Trümmern wühlt.

Hauptmann K. erzählt mir Geschichten aus den Schützengräben. Von der Schlacht von Arras, dem Angriff der Deutschen bei Bullecourt, den er bei einem Bataillonsstab erlebt hat. Es klingt das alles wie etwas Merkwürdiges und Erregendes.

Arras. Mittags 1 Uhr.

Wir sind in Arras. Der Eindruck ist doch über die Maßen schrecklich. Wenn der Bahnhof zerschossen und wie ein Sieb durchlöchert ist, wenn von einem ganz modernen Quartier kaum ein Ziegel mehr auf dem anderen liegt, so ist das bedauernswert. Aber eine Bahnhofshalle ist wieder zu erstellen, Häuser aus unseren Tagen sind wieder aufzubauen. Wenn aber vom Stadthaus in Arras, diesem gotischen Wunder, kein Glockenturm, kein Dach, wenn nur noch eine halb zerstörte Ecke übrigbleibt, so ist das jammervoll. Dieser schlanke wie eine Nadel gen Himmel strebende Turm mit dem Löwen von Arras, die von einem heutigen Gefühl nicht nachzuschaffende Fassade, all die Wunder der Spitzbogen, der himmlischen Ornamente, der leuchtenden Rosetten, das bezaubernde Bild tausend beseelter Formen, das ganze Mirakel dieses klingenden Gesteins ist nicht mehr.

Die Kathedrale daneben gleicht einem Bergsturz, Quader sind auf Quader getürmt, ein paar Wände mit gähnenden Löchern, das sind die Reste von Herrlichkeiten. Dann all die alten Häuser an der Grand Place und Petite Place, die in ihrem spanisch-flandrischen Stil mit den Arkaden und runden Giebeln Arras in die Atmosphäre von François I tauchten, sie liegen jetzt wie aufgerissene, ausgeweidete Kadaver da. Daneben die Kirche von St. Jean-Baptiste, das Palais St. Wast ... Wir gehen wie in einem großen Friedhof zwischen toten Häusern herum, wozu der Donner der nahen Front eine Orgelmusik mit dröhnenden Bässen spielt.

Wir essen im Offiziersklub. Draußen regnet es jetzt in Strömen. Wir essen das milchweiße Brot der Tommies, das für das übrige Europa und selbst für das britische Mutterland nur ein Traum ist. Draußen ziehen Schotten mit der Dudelsackmusik vorbei. Große stämmige Gestalten mit gebräunten Knien.

Wir strecken uns wieder auf unsere Liegestühle aus. Unsere Mäntel hängen zum Trocknen um den Ofen. Trotz der vielen Menschen hört man kaum einen Laut im Raum, die Rauchwolken unserer Zigaretten schweben in leisen Strähnen gegen die Decke. Ich träume: „Paris ... Arras ..." Es mischen sich zerbrochene gotische Ornamente mit einem Winkel der Place Vendôme, wo früher ein kleiner Tearoom war. Daneben höre ich erzählen von ganz schweren Granaten, die vor ein paar Tagen hier gefallen seien ... Und wieder geht das mit dem Tearoom weiter ... Wie doch die Phantasie von allem Schmerzlichen abgeleitet und Ruhepunkte sucht ... Erinnerungen ... Wie etwas Hungerndes jagt sie den Orten nach, wo wir einmal glücklich waren ... Stühle werden gerückt. Ich verstehe: Wir brechen auf ... Es ist fast eine Qual aus der Ferne und der Vergangenheit zurückzukommen.

Wir sind wieder im Automobil. Der Himmel hellt sich ein wenig auf. Das Wasser sprüht den Gendarmen ins Gesicht, während wir vorbeisausen ... Wir sind auf dem Weg nach Souchez. Rings sind große Kampfgelände. Mont-St. Eloy-Carency. Ablain St. Nazaire. Wir passieren Souchez, westlich steigt die Höhe von Notre Dame de Lorette an, wo mörderische Schlachten getobt hatten. Zur Rechten haben wir die Crête de Vimy, die sich gegen Givenchy und Liévin senkt.

Wir steigen bald aus. Wir tragen jetzt den Helm und haben die Gasmaske auf der Brust hängen. Wir klettern im tiefen Schlamm den Berg hinan. Überall sind Gräben, Stellung hinter Stellung. Man kann sich die ungeheure Schwierigkeit des Kampfes um diesen Höhenzug kaum vorstellen. Blindgänger von allen Kalibern liegen herum. Die Explosionen sind jetzt sehr nah.

Wir begegnen einer Kompanie, die eben aus den vordersten Gräben kommt. Sie sind bis zu den Knien voll Schlamm, aber sie tragen gute Waterproofs. Sie haben etwas müde Gesichter, machen aber trotz des strömenden Regens nicht den Eindruck, durchnässt zu sein. Die englische Uniform ist jedenfalls von allen die am meisten praktische. Dabei trägt der einfache Soldat das denkbar beste Material. Der Krieg hat Kleidungsstücke geschaffen, um die jeder Sportsmann neidisch sein könnte. Es zeigt sich vor allem ein unerhörter Luxus der Qualität.

Wir kommen allmählich schräg auf die Höhe. Man klimmt in knietiefem Kot zwischen Granattrichtern, die gleich kleinen Teichen voll Wasser sind, daneben laufen Grabenstränge mit Wellen von Sandsäcken.

Wir sind jetzt am nördlichsten Punkt der Crête. Vor uns liegt Lens. Wir sehen mit bloßem Auge die Einschläge der englischen Batterien in die ersten deutschen Linien. Mitten im Gesichtsfeld, sind drei mächtige Kamine von Hochöfen.

Die Luft widerhallt von Explosionen der schweren Batterien in den Häusern der östlichen Vorstadt. Die deutsche Linie hält Lens umklammert wie einst Arras - es ist ein Kampf um Häuser. Über uns sind britische Flieger, die die feindlichen Stellungen fotografieren. Sie werden heftig beschossen. Dutzende von schwarzen Rauchwolken quellen auf am Himmel.

Wir sind unweit der Stelle, wo im Vorjahre Serge Basset erschossen wurde. Ein paar Schrapnells explodieren ganz nah. Man hört die Splitter pfeifen.

Estaires. Abends 7 Uhr.

Wir haben uns nach Norden gewandt, Béthune passiert. Ein ganzes Gebiet voll Industrie und Hochöfen. Wir sind in Estaires. Es ist Nacht. Das Städtchen ist still und dunkel wie jeder andere Ort im Bereich der Kanonen und Fliegerbomben. Wir melden uns beim Town Major. Es entsteht eine Diskussion. Wir sind vom Armeekorps nicht gemeldet. Wir erhalten Befehl, den Ort bis auf weitere Order nicht mehr zu verlassen. Schließlich kommen wir in einem kleinen Estaminet unter.

Wir suchen das beste Restaurant. Wir finden eine charmante Wirtin, die daran ist, in der Küche Fische zu braten. Wir setzen uns um den Herd und wärmen die kalten Glieder. Die Wirtin erzählt uns von den Deutschen. Wie sie kamen, rissen sie zuerst die Telefonapparate von den Wänden und warfen sie in den Hof. Dann richteten sie ihr eigenes Telefon ein. Die Wirtin war erstaunt, wie haardünn die Drähte waren. Die Offiziere waren korrekt. Sie sprachen kein Wort mehr als nötig war. Sie beschieden den Bürgermeister her. Er hatte bis zum kommenden Tag sechzigtausend Francs zu beschaffen. Das Geld wurde in der Stube in den Schrank gelegt und eine Schildwache stand davor. Sie lasen alle Briefe. Über eine alte Epistel amüsierten sie sich sehr. Als sie abzogen, nahmen sie den Omnibus vom Hotel mit. Er soll jetzt in Brüssel am Bahnhof sein. Die Frau erzählt einfach und mit Humor. Die Idee, dass ihr Omnibus jetzt in Brüssel ist, machte ihr Spaß - zugleich drehte sie die Fische in der Pfanne ...

Granaten.

Vor Armentières verlassen wir das Automobil und werden vom Führer, den uns die Brigade zur Verfügung stellt, empfangen. Er ist ein charmanter junger Leutnant.

Der Mittag ist klar. Der Leutnant erzählt uns, während wir auf der Straße gehen, die Geschichte von Armentières. Trotzdem die deutschen Linien sich seit Kriegsbeginn auf der Höhe östlich des Ortes befinden, war das Städtchen bis zum vorigen Sommer noch von etwa zehntausend Zivilisten bewohnt. Man führt hier kein vergügungsreiches, aber ein ziemlich friedliches Dasein, das täglich von ein paar Granaten gestört wurde, aber daran hatte man sich gewöhnt. Am großen Platz trank man in der Pâtissierie gegen fünf Uhr den Tee - an allen guten Dingen war kein Mangel. Armentières war an der ganzen Front als ein Ort der Erholung bekannt. Die Offiziere des Sektors kamen gerne zu einem Flirt herein.

Dann kam ein schauriger Tag. Urplötzlich brach ein furchtbares Unwetter von Gasgranaten los. Die erschrockene Bevölkerung flüchtete sich in die Keller. Aber die schweren Gase sanken in die Keller und Hunderte von Zivilisten starben jämmerlich in wenigen Stunden. Jetzt ist keine Seele mehr in der Stadt. Aber seit damals hat die Beschießung nicht aufgehört.

Wir gehen in ein Haus hinein. Da ist ein riesiges Loch in der Seitenwand, aber einzelne Zimmer sind noch ganz intakt. Es ist, als ob alles vor wenigen Tagen in aller Eile verlassen worden wäre. In einem Salon stehen die Fauteuils wirr durcheinander, im Badezimmer lehnt der Blechtub neben der Badewanne an der Wand, Dinge des täglichen Gebrauchs liegen herum, die Fensterscheiben sind zersplittert, aber der große Spiegel strahlt ganz verwunderlich den Wirrwarr wieder.

Etwas südlich fangen schwere englische Batterien zu schießen an. Der Leutnant sagt uns: „Jetzt wird's dann losgehen ...“

Wir gehen wieder über die Straße. Da ist eine Garage. Wir haben Mühe, das Tor aufzumachen. Darin ist ein Landaulet. Fast unversehrt. Nur ein

Rad ist weggerissen. Die Rückwand hat ein Loch, aber die Granate hat nicht mehr Wirkung gehabt.

Wir gehen von Haus zu Haus, wir wollen ins östliche Viertel der Stadt, um die deutschen Linien zu sehen. Wir sind zu vieren. Ich bin mit zwei Offizieren vom Stab und dem Londoner Korrespondenten eines Madrider Blattes.

Wir sind auf der Straße gegen den großen Platz, da hören wir nordöstlich ein paar dumpfe Schläge. Sie sind wie eine neue Nuance im Konzert. Wir gehen wieder ein paar Schritte. Da kommt plötzlich von Nordosten her ein fernes Gepfeife. In ein paar Atemzügen ist es näher ... steigt an, wird zu einem schrillen, schneidenden, kreischenden und wimmernden Ton, fährt fünfzig Meter über unsere Köpfe weg ... ein pompöser Donnerschlag - Gott sei Dank, es ist in einer Nebenstraße drin.

Die Offiziere lächeln: „Jetzt fängt's an ...“

Da kommt schon die zweite ... die dritte ... Man hält unwillkürlich den Atem an, bis es vorbei ist. Ich sage: „Wenn sie nur nicht hundertfünfzig Meter kürzer schießen, sonst haben wir's auf dem Kopf.“ Der Offizier sagt ruhig: „Man gewöhnt sich daran ...“

Wir kommen jetzt zum Platz. In einer Ecke stehen ein paar Soldaten. Eine neue Salve kommt herein. Die ist jetzt brenzlig nah. Ich habe, während es kracht, die Soldaten in meinem Gesichtsfeld. In einer unwillkürlichen Bewegung ziehen sie die Köpfe ein.

Ich frage mich: ,Habe ich in diesem Augenblick Angst, bin ich nervös, bin ich beklommen, denke ich mir etwas Besonderes, was geht in mir vor?'

Was besondere Gedanken anbetrifft: Nichts ... Ich richte meine kleine Existenz auf zehn Sekunden ein. Zeitspanne vom Beginn des Gepfeifes bis zur Explosion. Im übrigen: Wenn es über uns ist, kracht es auch schon und trotzdem explodiert die Granate nebenan. Aber nach jedem Krachen atmet man auf. Die Situation ist gerettet. Es fängt bei jeder Salve von neuem an, aber die Affäre wiederholt sich nur alle Minuten und fünfzig Sekunden. Zwischenpausen sind enorm. Man hat Zeit aufzuatmen, den von der Sonne beschienenen Platz zu betrachten, zu konstatieren, dass es doch herrlich ist, die Granaten nicht ein Meter fünfzig neben sich zu haben. Und auch dann ... In Arras erzählte man mir, dass ein schweres Geschoss auf dem Bahnhofsplatz neben einem Zivilisten einschlug. Der Mann wurde zu Boden geschleudert, war in einer großen Dampfwolke verschwunden. Man dachte seine sterblichen Reste versengt und in weitem Umkreis wiederzufinden. Zum allgemeinen Erstaunen stand er aber wieder auf, suchte nach seinem Hut, klopfte damit seinen Rock und seine Hose aus und ging ärgerlich brummend weiter. Das sind Zufälle unserer Tage. Wir leben in einer Zeit voll großer Möglichkeiten.

Wir gehen weiter. Die Straßen sind jetzt voll Rauch und Gestank.

Wir treten in ein Haus ein. Klettern auf schwankenden Treppen hoch. Da liegt eine nicht explodierte Gasgranate auf einer Stufe. Ich will in meiner Neugier mit dem Stock daran tippen ... Der Offizier schreit mir zu: „Lassen Sie das ..." Schon ist seine Miene wieder ganz freundlich, aber eine Sekunde lang ...

Auf schwachen Leitern klimmen wir empor - endlich sind wir im Giebel. Ein Stück Emballage wird weggedrückt. Wir sehen die sanfte Höhe vor der Stadt und da ist ein roter Streif. Das ist der verrostete Stacheldraht der vordersten deutschen Linie. Das Terrain sieht sehr friedlich aus.

Die Geschosse pfeifen jetzt hart an uns vorbei. Wir können die Einschläge ganz nah beobachten. Eine dichte schwarze Wolke steigt jedes Mal aus dem getroffenen Haus auf. Die Eisenstücke prasseln gegen das Giebeldach, in dem wir uns befinden. Nach der Wirkung der Einschläge handelte es sich um 18 Zentimeter Granaten. Ein paar Sekunden lang fällt es nach jedem Schuss wie ein Regen von Gestein und Gebälk nieder.

Wir steigen wieder hinunter. Wie wir in den Hof treten, trägt man einen der Soldaten, die wir vorhin beobachteten, herein. Er hat einen Granatsplitter im Rücken. Er ist schwer getroffen.

Unser Führer will uns noch ein paar alte Häuser zeigen. Da ist eine niedergefallene Mauer. Die anderen sind ein paar Schritte zurückgeblieben. Da kracht es nebenan. Ein faustgroßes Eisenstück schlägt zwei Meter vor mir auf das zerlöcherte Trottoir. Ich bin etwas verblüfft. Der Spanier stürzt sich darauf, verbrennt sich die Finger.

Wir sind beim General zum Essen eingeladen. Es ist wirklich pittoresk, während des Bombardements im Brigadeunterstand zu frühstücken. Es ist eine von den Geschossen am meisten gesuchte Stelle. Der General ist von einer charmanten Einfachheit. Wir sprechen von der Schweiz, unserer Ernährungsfrage. Ich betone unsere großen Schwierigkeiten. Wir reden von Paris ... Vom großen Leben in der Stadt ...

Dazu essen wir sehr gut. Es ist wie ein reizvolles Picknick. Jeder bedient sich selbst - auch der General. Dabei entschuldigt er sich, zu einem guten Lunch müssten wir nicht in die vordersten Linien kommen. Beim Korpsstab esse man besser.

Wir brechen auf. Die Offiziere gehen an die Arbeit.

Wir kommen an einem halbdemolierten Haus vorbei. Ein Fenster im Erdgeschoss ist noch ganz. Da drückt ein vielleicht dreijähriges blondes Mädchen seine Nase gegen die Scheibe. Ich schneide ihr eine Grimasse und die Kleine lacht.

Es ist das Kind einer Concierge, die trotz der Gefahr nicht weggehen wollte.

Wir kommen wieder zu unserem Automobil. Es eilt. Wir haben mehr denn hundert Kilometer nach Süden zu fahren.

Wir sind in die Decken gekauert. Es ist kühl. Schnee fängt zu rieseln an.

Amiens.

Ich gehe an diesem stillen Tag durch die Straßen von Amiens, wandle über manche Straßenkreuzung, wo ein britischer und ein französischer Gendarm stehen und mit ruhiger Geste den Verkehr der Vehikel und Menschen lenken.

Aber ich mag ausschreiten, wohin immer ich will, ich nähere mich dem Wunderwerk, das aus den Felsen der Somme gehauen, wie etwas

Mystisches und Übermächtiges die Stadt überstrahlt ... die Kathedrale. Die von Chartres mag reicher sein in ihrer skulpturalen Anlage, die von Reims unendlicher im Reichtum ihres steinernen Schmucks und in der Noblesse ihrer Struktur, aber das Wunder von Amiens ist nicht vollendeter zu schaffen in der Reinheit des Stiles.

Heute ist die Ostseite haushoch in ein graues Gewand gehüllt, das Hauptportal von getürmten Sandsäcken verbarrikadiert und ich trete von Süden in das Querschiff ein, dessen dolchfeiner Glockenturm in der Sonne des Nachmittags blinkt. Ich lausche dem Orgelgesang vor der Vierge Dorée, der lieblichen Madonna auf der Mittelsäule des Portals, die mit dem leicht geneigten Haupt allen Charme ausstrahlt und in deren milder Holdheit Ruskin das heitere Lächeln einer Soubrette sah.

Ich trete in den Chor ein. Es ist still. Die vielstrahligen Reflexe der Rosetten spielen auf der Flucht der Säulen und verlieren sich im Dunkel der Kapellen, irren über die Herrlichkeiten des geschnitzten Holzwerkes, über das Leben des heiligen Jakobs und Johannes und über wundersam anstrebende Spitzbogen. Der Blick taucht in die Fülle dieser Farben und dieses edel geformten Gesteins wie in ein wundersam melodisch klingendes Meer ... alles Gefühl wird geebnet, wie ein Sturm sich glättet, ordnet sich Woge auf Woge des unruhigen Dranges ... und zuletzt bin ich traumhaft versunken in einer wunderlich rein klingenden Harmonie.

Totenreich.

Schlachtfelder zeigen ein anderes Gesicht, je nach dem Tag und der Stunde, da man sie sieht. Wir folgen heute dem Lauf der Ancre. Es ist ein trüber Spätnachmittag. Die Ruinen der Dörfer hängen voll Nebel, sind trostloser. Kilometerweit zeigt sich kein Lebewesen, nur Wachtposten, die plötzlich auftauchten, denen man ein Passwort zuschreit und die wieder in der grauen Atmosphäre versinken.

Wir kommen zum Plateau von Beaumont-Hamel, steigen aus und klettern in knietiefem Schlamm nach der Höhe. Da tut sich vor uns ein Krater auf. Er hat wohl zweihundert Meter Durchmesser und hundert Meter Tiefe. Hier ging die größte Mine an der Westfront hoch vor dem Sturm auf das Plateau. Heut ist der Krater wie ein riesiges offenes Grab. Auf dem Grund ist Wasser in einer grünlich-gelblichen Färbung, es deckt wie eine schillernde Schicht ein ganzes Feld von Leichen, die darin vermodern.

Ein kühler Schauer rieselt mir das Rückgrat entlang. Soweit meine Gedanken reichen, findet sich keine jammervollere Städte des Todes. Als ob das Entsetzen noch an diese weiße, kreidige, schleimige Erde gebannt wäre, fröstelt es mich ...

Wir klettern, gleiten zwischen Stacheldraht und gesprengten alten Gräben und Unterständen wieder nach der Tiefe. Ein Trupp Inder arbeitet seitlich am Abhang. Im Turban und mit ihren ernsten erstaunten Gesichtern sind sie wie seltsame geisterhafte Hüter des Schrecken.

Variété.

Wir fahren mit abgeblendeten Lichtern auf der Front von Cambrai. Es ist da irgendwo eine Londoner Brigade mit einem kunstverständigen General. Er hat für seine Truppen ein kleines Theater eingerichtet, dabei handelt es sich nicht etwa um eine Etappenstation, sondern um eine Brigade in der Linie. Jeden Abend erhalten ein paar hundert Tommies Urlaub für das Schauspiel.

Auf holperigen Wegen in dichtem Nebel kommen wir mit ziemlicher Verspätung an. Der

Raum ist gepresst voll. Etwa ein halbes Tausend Soldaten sitzen dicht gedrängt und amüsieren sich an einem Variétéprogramm. Es ist eine Erstaufführung, der General ist selbst zugegen. Er ist eben aus den vordersten Gräben gekommen und bis zu den Knien voll Kot. Das Spiel ist trotz des Improvisationscharakters des ganzen Unternehmens erstaunlich gut. Da ist bunte Abwechslung zwischen Gesang und Tanz und Akrobatik. Pantomimen werden aufgeführt. Die Frauenrollen werden natürlich auch von Soldaten gespielt, was zu allerlei Komiken Anlass gibt. Im ganzen aber herrscht in allen Darbietungen der trockene, manchmal fast naive Humor der angelsächsischen Rasse. Ich stelle mir unwillkürlich vor, wie ein ähnliches Theaterprogramm an der französischen Front aussehen mag, wohl raffinierter, im Detail witziger. Hier aber ist diese fast unheimliche Komik amerikanischer Exzentriks, sie liegt nicht im Witzwort, sondern in der Bewegung, der Mimik, da mit toternstem Gesicht der erschütterndste Lacherfolg gegeben, indem Soldaten aller Nationen auftreten und karikiert werden. Es ist interessant, dass der Deutsche, der Fritz benannt ist, mit demselben Humor behandelt wird.

In der Presse erzählt uns der General, dass er ein Dutzend von Berufsschauspielern aus seiner Truppe ausgezogen hat, die sich hier ausschließlich der Komödie widmen!

Wir essen spät in der Messe der Offiziere. Der ganz zerstörte kleine Ort wird fast jeden Abend von Fliegern heimgesucht. Wir sind fünf Personen und werden auf fünf Messen verteilt. Sie sind mit meterdicken Sandsackmauern umgeben. Trotzdem konstatiere ich Risse von Bombensplittern in der Wand hinter mir.

Die Offiziere erzählen, dass die deutschen Flieger fast jeden Abend kommen. Ein Leutnant sagt mir vertraulich: „Wenn Sie drei Pfiffe hören, legen Sie sich ruhig auf den Boden, genieren Sie sich nicht ..."

Wir haben weiter kein Abenteuer, nur unsere Automobile bleiben im Dreck stecken. Wir kommen erst nachts um 3 Uhr ins Quartier.

PS. Wir sind wieder im kleinen Theater gewesen. Wir haben uns nicht gescheut, sechzig Kilometer weit herzufahren, um die neue Revue zu sehen. Man erzählt uns, dass in der kommenden Nacht unseres letzten Besuches in drei Minuten 87 Bomben auf den Ort gefallen sind. Das Theaterchen musste einer größeren Reparatur unterzogen werden. Auch am selben Morgen war der Besuch schon da.

Wir besuchen heute in A. ein Pferdespital. Es tut wohl zu sehen, mit welcher Sorgfalt die Tiere, die oft grässliche Wunden aufweisen, behandelt werden. Wir sind Zeuge einer Operation, wie das Tier niedergelegt, chloroformiert wird, wie der Chirurg mit langen Lanzetten einen Granatsplitter in einer tiefen Schenkelwunde sucht. Es ist erstaunlich, wie ein kleines Stück Eisen, das er uns vorweist, eine Riesenwunde verursachen kann. Die Wunde wird nicht zugenäht, sondern trocknet in der freien Luft. Zu hunderten stehen die Pferde aller Rassen, auch große, baskische Maultiere in gedeckten Ständen. Während das Blut ihnen in breiten Striemen über die Haut sickert. Mit großen fiebrigen Augen drehen sie sich um, zittern leise, wie in konvulsivischen Zuckungen. Andere sind schon geheilt und zum Abtransport bereit. Interessant ist auch, dass die toten Tiere in besondere Gruben gebracht werden, wobei die Verbrennbarkeit der Verwesungsgase ausgenutzt wird.

In A. ist auch eine Dampfwäscherei, die von deutschen Gefangenen betrieben wird. Sie sehen gut aus und werden nicht überanstrengt. Ihre eigenen Unteroffiziere leiten den Betrieb. Ich fragte einen jungen, blonden Soldaten, wie er sich befinde. Er war über die deutsche Anrede erstaunt, sah mich etwas misstrauisch an und sagte darauf: „Et jeht so ..."

Paris.

Es ist mir, als sei ein Wunder geschehen. Ich habe drei Tage Urlaub. Ich hätte es nicht länger ausgehalten. Ich bin mit dem Nachtzug gefahren und gegen neun Uhr angekommen. Ich habe mich umgezogen, bin wie ein Entzückter in der Stadt herumgerast, habe mit V. gefrühstückt und an May telefoniert. Sie ist den ganzen Tag und Abend nicht zu sehen. Ich habe G. guten englischen Tabak gebracht. Er hat mich in seiner Begeisterung umarmt. Ich habe um 6 Uhr Pierre Mille einen Besuch gemacht und ihm von der Front erzählt. Er hat mir sein neuestes Buch mit einer charmanten Dedikation gegeben. Von Gide war ein Brief da, dass er auf dem Lande ist ... Der Tag ist mir wie im Sturm vergangen, aber ich bin melancholisch ...

Dienstag Mittag.

Ich war bei G. de P. zum Frühstück eingeladen.
Er hat eine entzückende, reizende Frau. Wir saßen
nach Tisch in seinem Arbeitszimmer am Kamin
und tranken den Kaffee. Es war während die
Holzscheiter vor uns flackerten, eine so intensive
Stimmung eines glücklichen Home, dass ich den
Gegensatz zu meiner eigenen Existenz
schmerzlicher fühlte und mir wie ein Gehetzter
erschien, ohne Ziel und Ruhe und Rast.

Abends.

Madame de R. hatte mir einen Logenplatz für
die große Oper geschickt. Ich fand May und die
Familie B. vor. Ich bin missgestimmt. Ich hätte
lieber den Abend mit May allein verbracht. Chenal
singt „Thais". Ihre Stimme ist immer noch
glänzend und sie sieht besser aus als je, nur die
Inszenierung scheint mir veraltet.

Ich sitze im Hintergrund der Loge und habe
Mays Silhouette vor mir.

Chenal singt: „O mon mirour fidèle, dis-mois
que je suis belle ..."

Diese süße Musik ist mir heute nicht
unangenehm. Meine Nerven sind müde. Stärkeres

könnte ich nicht ertragen.

Mr. B. erzählt mir unterdessen leise eine Geschichte. Ich höre sie, aber es kommt mir nichts dazu zum Bewusstsein.

Während der großen Pause geht May mit Madame de R. um Bekannte in einer anderen Loge zu begrüßen. Ich verbringe den Rest des Abends in einer dumpfen Lethargie.

31. Januar.

Ich habe mit May gegessen. Wir haben uns gezankt. Ich war unausstehlich. Ich begleite sie jetzt nach ihrem Hotel.

Es ist ein klarer Nachthimmel. Während wir die rue Saint Honoré entlang gehen, sagt sie: „C'est curieux, ce serait une nuit à Gothas ..."

Ich lache. Seit Tagen stand in der Zeitung, Deutsche Flieger werden kommen. Ich verabschiede mich. Ich muss nach Hause und packen. Ich muss in derselben Nacht an die Front zurück. Ich habe für zwei Tage Urlaub gehabt.

Bomben.

Ich sitze in der Halle des Hotels und warte auf das Automobil. Ich darf den Zug nicht verfehlen, mein Pass läuft diese Nacht ab ... Ich bin wütend. Der Concièrge entschuldigt sich, das Automobil wird kommen, muss ... endlich.

Ich fahre durch die nächtlichen Straßen. Es ist mir immer ein Schmerz wegzufahren, wohin es auch sei ... Wie wir die rue de la Fayette durchqueren, saust die Feuerwehr vorbei. Schrill heulen die Sirenen. Ich denke: „Ein Brand in der Nacht ..." Es ist mir angenehm zu konstatieren, dass die Feuerwehr so rasch arbeitet.

Wir kommen gegen den Bahnhof. Da steht kein Mensch davor, kein Wagen, gar nichts. Wieder tönen von fern die Sirenen.

Ich zahle den Chauffeur, er fährt weg wie vom Teufel besessen. Ich trete in die Halle, da geht eine Salve von Schüssen los. Ich denke: „Die nördlichen Forts fangen zu schießen an ... Sehr merkwürdig ..."

In der Halle gehen eilig ein paar Gestalten herum. Der englische Gendarm an der Kontrolle prüft mit gewohnter Ruhe meine Papiere. Ich trete auf den Quai. Die Forts schießen wie besessen, es dröhnt und rollt, als ob ein mächtiges Gewitter entbrannt wäre. Eine rasselnde Explosion mischt sich in das Getöse. Ich nähere mich einer Gruppe. Einer sagt: „Das ist eine Bombe ..."

Ich denke: „Ach so ... la nuit à Gothas." Die Waggontüren sind alle offen. Der Zug ist prall voll. Die Engländer rauchen ruhig ihre Pfeifen und hören zu. Ich gehe von Wagen zu Wagen und klettere in den Sleeping. Der Kontrolleur verspricht mir schließlich eine Couchette. Wieder knallt es. Der Kontrolleur ist sehr erregt. Er sagt: „Das ist wieder eine Bombe ..." Er flucht. Er ist vor ein paar Tagen in Boulogne bombardiert worden. Er hat die Geschichte satt. Einer läuft dem Zug entlang, schreit: „Auf den Geleisen brennen ja noch alle Lichter ..." Wirklich, auf den Geleisen brennen noch ein par hundert Lichter.

Ich denke: „Wir haben uns hier die geeignetste Position ausgesucht ..." Ein junger Diplomat, der nach London fährt, erzählt mir, dass die Deutschen und er letzte und vorletzte Nacht über London waren. Er hat nachmittags mit London telefoniert. Er gibt mir Details.

Die Situation ist ja sehr erbaulich - es steht sonst kein Zug in der Halle - zu sehen ist auch nichts, denn wir haben das Glasdach über uns. Nur das Getöse nimmt von Minute zu Minute zu. Wir fahren immer noch nicht ab.

Es ist nichts anderes zu tun als stillzuhalten. Wenn es aufs Dach fällt, ... tant pis ... Ich weiß aus Erfahrung, Fliegerbomben sind unangenehm. Lieber zehn Granaten ... Aber schließlich .. Endlich werden die Waggontüren zugehämmert, der Zug fährt langsam an. Ich stehe im Couloir. Der Himmel ist klar wie am Tag. Lichter flackern auf und verschwinden. Aber es ist nichts zu sehen. Wie wir gegen St. Denis kommen, fällt es östlich vom Bahndamm.

Einer, der aus St. Menehould kommt, sagt mir: „Wir haben das fast jede Nacht, das Unangenehme ist, dass immer die Fensterscheiben platzen, dabei haben wir jetzt nur zwei Gläser im Ort ... im Winter ist das peinlich.

Am Himmel flackert es immer noch, als ob eine ungeheure Bewegung in den Lüften wäre.

Schließlich legt man sich zu Bett. Der Zug geht langsam durch die Mondnacht.

5. Februar.

Der Himmel ist grau verhangen, zeitweilig strömt der Regen wolkenbruchartig, am Horizont blitzt es auf, dumpfes Rollen folgt ... wir sind so nah der Front, dass wir kaum zu unterscheiden vermögen, ob es das Gedröhn schwerer Batterien oder der Donner eines Gewitters ist. Der Weg steigt an, unser Automobil erklimmt den Berg von Kassel, wir kommen aus dem Süden, sind schon den ganzen Tag unterwegs.

Es geht jetzt gegen Abend. Der Berg von Kassel ist über hundertfünfzig Meter über dem Meeresspiegel, man soll bei klarem Wetter die Türme von Brügge und Ostende am Meeresspiegel sehen. Heute rinnt uns das Wasser in den Mantelkragen.

Ein Platz mit holperigem Pflaster taucht vor uns auf. Wir fahren in den Hof eines kleinen Hotels. Es ist von außen ein altes, wackeliges Gebäude. Doch die Überraschung ist groß. Wir treten in einen sehr wohnlichen Speisesaal, wo um das Buffet zwei reizende junge Mädchen sitzen, die mit zarten Fingern sticken und mit denen wir große, gelbe Birnen essen.

Wir trinken nachher Tee und ich lasse mir alle Kriegsabenteuer des Berges von Kassel erzählen, vom September 1914, wo die deutschen Vorposten bis vor den Ort kamen und von einer Salve der Feldhüter und Gendarmen verscheucht wurden, von den 38 Zentimetergranaten, die im Mai und Juni 1915 auf den Hügel fielen und alle Wände eben machten. Aber Krieg ist Krieg und als

Eindruck bleibt ein feines Gesichtchen, das sich ernsthaft über eine Stickerei beugt ...

Ypres.

Wir verlassen Kassel in der Morgenfrühe. Der Nebel liegt in der Tiefe, während unser Automobil nach Osten rast. Wir passieren Steenword. Noch ein paar Kilometer, die wie Atemzüge verwehen und wir sind an der belgischen Grenze, die hier bis Abeele der Straße folgt. Bald erreichen wir Poperinghe, das stark beschossen und vereinsamt ist. Zu beiden Seiten der Straße tauchen zeitweise Barackengruppen auf, wo die aus Ypres und den benachbarten Orten evakuierte Bevölkerung zum Teil Wohnung gefunden hat. Durch die starken Regengüsse ist die Gegend versumpft.

Wir nahen uns Ypres. Man kann sich wochenlang an den Anblick von Tod und Zerstörung gewöhnt haben, aber der Eindruck von Ypres ist dennoch kaum wiederzugeben. Es gibt nur einen Vergleich: Das Forum Romanum. Von einer blühenden, alten Stadt ist nichts mehr übrig geblieben als Säulen- und Mauerreste. Wir steigen aus, treten einen Rundgang an. Rings in den Straßen Granatlöcher, Trichter von Bomben und im übrigen graues Gemäuer. Wir kommen zum großen Platz ... da steht von einem Renaissance-Palais noch ein Portal ... sonst ist alles in Trümmer ... die Hallen der Tuchhändler, das gotische Wunderwerk ist auf den Mittelturm reduziert. Der Ostflügel existiert nicht mehr, vom Westflügel sind noch durchlöcherte Wände da. Vom Turm selbst ist noch ein Drittel übriggeblieben, wir wärmen uns in seinem Schutz an einem Feuer, während rings die Riesenblöcke der Kathedrale wie die Trümmer eines Bergsturzes liegen.

Wir warten auf verlorene Gefährten im Unterstand einer Station des Roten Kreuzes. Es liegen und sitzen ein Dutzend Verwundete, die auf den Abtransport warten. Ein Offizier sitzt da mit erfrorenen Füßen. Er leidet und bewegt seine Füße immer hin und her, während er uns von der Stellung spricht, aus der er evakuiert worden ist.

Von der Division bekommen wir einen Offizier als Führer ... wir fahren im Automobil vielleicht einen Kilometer östlich der Stadt und steigen dann aus. Das Wasser fließt in Strömen über die Straße. Wir gehen die Crête vom Westhouk. Das Schlachtfeld von Ypres ist das trostloseste, das ich sah. Kilometerweit lehmiger Boden, in dem sich Granattrichter an Granattrichter reiht, die alle mit

Wasser gefüllt sind ... Schützengräben sind hier keine möglich, denn jedes Loch, das man gräbt, füllt sich sofort mit Wasser. Man deckt sich hinter Wellen von Sandsäcken und vegetiert in einem namenlosen Sumpf. Wir haben zur Rechten den Polygon-Wald aus dem noch ein paar kahle Stämme wie vereinzelte Säulen aufragen.

Am Weg liegen verwesende Pferde, deren Leiber wie Riesentrommeln aufgebläht sind. Da sind von Volltreffern gestürzte Geschütze, zerschossene Tanks.

Schwere Batterien fangen zu feuern an, während wir davor vorbeigehen. Wir bekommen den ganzen Dampf und Donner ins Gesicht. Wir biegen nach Norden um und nähern uns Zonebecke, das unter schwerem Feuer ist. In schwarzen Wolken zucken die Einschläge vor uns auf. Auch Schrapnels zeichnen rings schwarze Kreise am Himmel. Wir sehen deutlich vor uns die Crête von Passchendaele. Wir wenden uns gegen Westen und kommen wieder zur Crête von Westhouk zurück, wo wir die Pill-Boes besichtigen. Das sind aus armiertem Beton konstruierte, mit Eisenbahnschienen verstärkte Blockhäuser, die die Deutschen auf der Crête als Unterstände gebaut hatten und die bis zu 150 Mann fassen können. Trotz aller Beschießung waren sie nie zerstört worden. Nach der Schlacht von Flandern nahmen die Engländer davon Besitz und die Pill-Boxes sind heute noch intakt, da ihnen, wie es scheint, auch deutsche schwere Kaliber wenig anhaben können.

Wir erreichen auf zweistündigem Marsch Fretzenberg. Dort erwarten uns die Automobile. Es ist ein Drang in den Nerven, aus diesem grauenhaften Sumpf, in dem wir kilometerweit gewatet sind, fortzukommen.

1.30.

Wir sind vom General der Division, einem der bekanntesten Führer in der britischen Armee, zum Frühstück eingeladen. Er ist so einfach und charmant wie alle Offiziere, denen ich während langen Tagen begegnet bin. Wir reden über Paris und Deutschland, über die Trostlosigkeit dieses Schlachtfeldes und die Qualität der englischen Soldaten. Der Engländer zeigt im Krieg dieselbe gelassene Intensität wie auf dem Sportplatz. Wenn es auch fast nicht auszudenken ist, dass Menschen Tag und Nacht, wochenlang in diesen Wasserbächen von Ypres leben könnten, so tun sie doch ruhig und still ihre Pflicht, als wäre ihnen dieses Werk schon natürlich geworden.

Es ist auch zunächst verblüffend, wie unbefangen und weitherzig der englische Offizier seine Gegner beurteilt. Er schildert ihn wie einen tüchtigen sportlichen Gegner, er spricht nicht gehässig oder verächtlich über ihn, er anerkennt seinen Mut, seine Tapferkeit. Er erwartet auch vom Neutralen nicht, dass er ein einseitiges Bild gebe.

Es ist eine freie, angenehme Atmosphäre in einer englischen Offiziersmesse.

Wir brechen auf. Der General begleitet uns zu den Automobilen. Wieder geht die Fahrt durch die Trümmer. Es ist erquickend, wieder Felder zu sehen, lange Straßen, auf denen man dahinrast, Bewegung zu fühlen und einen brennenden Luftstrom, der über das Gesicht fließt.

8. Februar.

Wir kommen im Morgennebel in X. an. Es ist das ein Instruktionsplatz für Offiziere und Unteroffiziere. Die ganze Garnison steht in Paradestellung bereit, während wir einfahren. Wir werden dem Kommandanten des Platzes vorgestellt, dann beginnt die Parade. Die ganze

Garnison defiliert, voraus zwei Züge junger Kavallerieoffiziere. Es ist ein seltenes Bild von männlicher Kraft, diese großen, schlanken, vom Krieg und Sport gestählten Menschen in ihren kleidsamen, einfachen, unsoldatischen Uniformen. Die ganze kraftvolle, männliche Eleganz der britischen Rasse ist mir kaum je so zum Bewusstsein gekommen wie auf diesem Schlossplatz, da Zug um Zug zum Klang der Pfeifer und des Dudelsackes vorbeimarschierte.

Wir begeben uns nachher auf den Exerzierplatz. Es ist ein weitläufiges Feld, auf dem eine Bewegung ist wie auf einem Sportplatz. Die englische Armee ist seit dem Krieg geschaffen worden und der Engländer hat einen großen Teil seiner besten sportlichen Methoden in die Instruktion übernommen. Wir sehen dem Infanteriedrill zu. Es ist interessant zu sehen, wie daselbst der Monotonste in der Instruktion zu einer interessanten Bewegung wird. Zugsschule wird mit einer Schnelligkeit und Munterkeit ausgeführt, als ob Fußball gespielt würde. Atemlos hält man schließlich inne. Dann bricht ein großes Gelächter aus. Der Offizier hat ihnen einen Witz erzählt oder eine Bewegung karikiert. Es ist ein direktes Prinzip, den Soldaten bei gutem Humor zu erhalten.

Da sind ganze Systeme von Schützengräben, die zugsweise im Sturm genommen werden. Wir laufen während der Attacke nebenher und es ist erregend, das Temperament der Truppe im Bajonettgefecht, ihre Schnelligkeit im Nehmen der Hindernisse und vor allem ihre Trefflichkeit zu sehen.

Nachdem sechs Gräben mit allen Hindernissen genommen sind, werfen sie sich auf die Erde und schießen auf zwanzig Meter Distanz auf handgroße Scheiben. Wir konstatieren auf fünf Schüsse durchschnittlich zwei bis drei, manchmal sogar vier Treffer. Wir sehen nachher einen Schießplatz für Infanterie, Übungen mit Handgranaten, Maschinengewehren, wir wohnen theoretischen Kursen bei, sehen ein wundervoll eingerichtetes Turninstitut, wo wir wieder die schlanken, imponierenden Gestalten der Kavallerieoffiziere beim Säbelfechten finden.

Aber das Eindrucksvollste des Vormittags ist ein Bajonettkampf zweier schottischer Drillmaster. Wie die beiden in einer Raserei aufeinander einstürmen, mit einer seltenen Vehemenz attackierten, ripostierten, wie sich die blanken Spitzen der Bajonette oft nur wenige Millimeter vor dem Gesicht anhielten, wie sie gleich Tigertatzen sich umlauerten, bis wieder ein

Geprassel von blitzenden Bewegungen folgte, das war ein Schauspiel von wirklicher Seltenheit.

3 Uhr nachmittags.

Wir sind auf einem Schießplatz für Minenwerfer. Der Kommandant erklärt uns das neueste System englischer Minenwerfer. Er zeigt uns zum Vergleich eine Serie deutscher, kleiner Mörser, die demselben Zweck dienen mit ihrer Munition. Wir sehen da Granaten von ganz beträchtlicher Größe. Auf dem Schießplatz verfolgen wir nachher vom Beobachtungsposten aus eine ganze Reihe von Einschlägen, die zimmergroße Löcher in die Erde reißen. Sekundenlang prasselt's nachher wie ein schwerer Regen nieder von Erde und Stein.

Wir treffen hier auch drei französische Generäle in Mission. Der Rangoberste, ein martialischer alter Herr, bringt bei unserer Bewegung im Kreise der Offiziere unserem Land eine warme Ovation dar. Er findet gefühlte Worte für die Dankbarkeit des französischen Volkes und der französischen Armee für das Werk der Schweiz während des Krieges. Ich bin etwas beschämt, auf so viel Generosität zu antworten. Denn schließlich ist dies kein Verdienst, sondern nur eine primitive menschliche Pflicht, den Jammer dieser Zeit nach Möglichkeit zu lindern.

Abends im Quartier.

Captain K., der uns auf allen unseren Exkursionen begleitet und ein gebildeter sensibler Mensch ist, zeigt mir seine Zeichnungen. Er ist vor dem Krieg Kunstmaler gewesen, Mitarbeiter einer bekannten Londoner Revue. Er hat Talent.

Am gelungensten scheint mir eine Karikatur des Kopfes von Chesterson. Seine physische Behäbigkeit mit den breitausladenden Wangen, den fast verschwindenden Augen ist vortrefflich wiedergegeben. Auch Richard Strauß am Dirigentenpult ist in seiner gemessenen Bewegung sehr gut karikiert. K. hat trotz seiner Jugend schon eine ganze Kollektion wirklich sehenswerter Arbeiten.

Man pflegt im Quartier viel Musik. Man singt uns alte schottische Balladen zum Klavier. Es ist trotz der Uniformen eine so kriegsferne Stimmung. Einer sagt: „Die Deutschen haben doch sehr schöne Lieder ..." Dann tönt ein Gesang von Schumann.

Es ist sehr still im Raum. Nur von ganz ferne dringt der Donner der Geschütze.

Vor St. Quentin.

Die Straßen in der Picardie sind gerade und endlos lang. Wir sind auf dem Weg von Amiens nach Ham. Wir fahren zunächst durch lange Alleen. Es hatte tags vorher geschneit, dann war der Schnee gefroren. Heute früh ist Tauwetter. Von den schweren Lastautomobilen, die zahllos auf der Straße fahren, zittert der Boden, beben die Bäume. Ein Hagel von Eisstücken prasselt herunter. Wir bekommen sie auf den Kopf, ins Gesicht ... es ist unerträglich, wir setzen die Helme auf.

Dann hören plötzlich die Bäume auf. Wir sind im Rückzugsgebiet der Deutschen. Da sind kilometerlang nur Baumstümpfe längs des Weges. Dazu beginnt das Schlachtfeld südlich der Somme, zerstörte Dörfer, Felder von Granattrichtern, Soldatenfriedhöfe längs des Weges. Wir kommen gegen Mittag nach dem zerschossenen Nesle. Eine Viertelstunde später sind wir in Ham. Ham ist, abgesehen vom zerstörten Schloss, ziemlich intakt. Hier hatten die Deutschen die Zivilbevölkerung aus der Umgebung vereinigt. Wir warten auf Instruktion von der Division und fahren dann auf der breiten Straße gegen St. Quentin. Nach etwa zehn Kilometern finden sich Tafeln am Wegrand. „Gefahrzone." „Vom Feinde eingesehen." Wir steigen aus und pilgern weiter. Über uns kreisen englische Flieger, die heftig beschossen werden. Ein Blindgänger saust mit schrillem Pfeifen neben uns ins Feld. Die Straße ist sanft gewellt.

Wir haben als Ziel den Artilleriebeobachtungsposten auf der letzten Kuppe vor der Stadt. Wir gehen jetzt in einem Graben seitlich der Straße.

Es ist immer wieder erregend, das Beschießen der Flieger zu sehen. Es ist noch passionierender, wenn es sich direkt über unseren Köpfen abspielt. Wie da der stolze Vogel sich mit majestätischen Schwingen hebt und senkt, indes die schwarzen Wolken rings um ihn aufblitzen, bald über, bald unter ihm, ihn bald überholen, dass er wie in einem dunklen Mosaik schwebt, selbst zu Rauch wird, und in der Atmosphäre aufgelöst, bis er gelassen sich aus dem Gewitter der Explosionen hebt und gleich dem Adler weiterkreist.

Merkwürdig ist auch diese breite Straße, die so friedsam neben uns verläuft und auf der sich doch kein Lebewesen zeigt, denn eine Gruppe Personen löst ganz mechanisch ein paar Granaten aus.

Bei der nächsten Kuppe sehen wir jetzt, wie etwas Graues im Nachmittagslicht stehend, die stumpfen Türme der Kathedrale von St. Quentin. Sie sind über der Welle vor uns, wie in einem Ausschnitt zwischen Himmel und blassem Grün der Februarlandschaft gegeben.

Wir passieren feuernde Batterien, wir nähern uns. Wir sind schon eine Stunde gegangen. Wir übersehen auf einmal die ganze Stadt. Da ist zur Rechten die Kathedrale, deren Türme unversehrt scheinen, zur Linken das Palais de Justice, im Vordergrund ist die zerschossene Kirche St. Martin. Die Mittagssonne legt einen gelben Schleier über die Mauern.

Wir müssen weiter. Endlich kommen wir kriechend in den Unterstand. Der Offizier, der das Feuer leitet, empfängt uns mit großer Liebenswürdigkeit, bietet uns einen Feldstecher an; doch wir sind so nah, dass wir die Einschläge mit bloßem Augen sehr gut verfolgen können. Neben ihm sitzt der Mann am Telefon; wir sehen durch verdeckte Luken hinaus.

Wir haben das ganze Vorgelände klar vor uns. Wir gewahren deutlich den Streif der deutschen vordersten Gräben.

Mir ist, als ob sich in der Sonne plötzlich alles

auflöste. Ich höre die Kommandos des Offiziers. Der Mann am Telefon wiederholt sie. Ein paar Sekunden vergehen, dann hören wir viel weiter hinten die Batterien feuern. Die Salven pfeifen über uns weg. Vorn züngeln die Rauchwolken auf.

So geht's weiter. Der Offizier erklärt uns auf der Karte die Stellungen, die beschossen werden.

Ich denke plötzlich, wie der Mann, der neben mir gelassen die Befehle gibt, das Auge und das Gehirn von furchtbaren Kräften ist, wie er Feuer und Tod verteilt, wie auf ein Wort von ihm hundert Schlünde sich öffnen und Menschen in Fetzen reißen ... vielleicht schießt er zu kurz ... vielleicht ist all das, was aufwirbelt, auch nur Staub ... vielleicht aber trifft er Menschen ins Herz, ins Gesicht ... reißt ihnen Glieder ab ...

Ich schließe die Augen. Ich höre seine Stimme. Sie ist klar - von keinen Skrupeln beschwert. Er tut seine Pflicht.

Ich mache eine Bewegung. Er sagt: „Vorsicht ... Wenn der Deutsche eine Bewegung sieht, haben wir hier gleich Granaten."

Ich halte also still. Aber die Welt ist unheimlich geworden ...

Paris.

Ich habe zwei Tage Urlaub. Ich sitze im Theater. Es ist ein merkwürdiger Kontrast, aus dem Zug von der Front in eine Première zu kommen. Schon der Drang, der in den Nerven bebt, während der Zug Paris zujagt. Es ist, als ob es dem Frieden zuginge. Jetzt sitz ich still, höre die Stimme einer Schauspielerin. Sie spricht gekünstelt, aber sie ist trotzdem voller Wildheit und Eigenart. Der miauende Ton passt eigentlich ganz gut zu ihren abrupten Bewegungen, zu den Ausbrüchen ihres Temperaments, während sie sich mit einem Groom balgt. Ich sah sie vor drei Wochen bei Mayol. Dort schlug sie sich mit Bettkissen herum. Heute spielt sie ganz ernsthaft Komödie. Und sie tut es mit der Frische einer Schauspielerin, die aus dem Musik Hall kommt. Der Geist wird durch die Akrobatik aufgefrischt. Es ist etwas Erquickendes sie zu sehen. Einen halben Akt lang simuliert sie einen Starrkrampf. Eine ganz aparte Art von Komik. Alles in allem ein Geschöpf von einer sprühenden Vitalität. Man kennt sie längst. Sie heißt Spinelly.

In den Zwischenakten wimmelt es hinter den Kulissen und in den Logen der Schauspielerinnen. Es ist ein Gewirr von Gesichtern, ein Gehusch von halbnackten Körpern, ein Sprühen von Witzworten - von Geist und Phantasie, Tristan Bernards langer Bart taucht auf, und Mistinguetts bizarre Physiognomie. Das ist Paris, wie es früher war, und eine Sehnsucht packt mich nach all dem Vergangenen ...

Das Spiel ist aus und der Nachthimmel trüb. Flieger sind keine zu erwarten. Fern ist die Front. Ich denke: Ich habe noch Arme und Beine, ich habe die Möglichkeit zu atmen ... Es ist alles gut ... Es ist alles sehr gut.

Vormittag.

Ich habe nach Mays Hotel telefoniert. Sie ist für acht Tage auf dem Land. Ich habe etwas erschrocken das Hörrohr wieder angehängt.

Front.

Ein Gang in die vordersten Gräben ist eine lange Wanderung. Es geht gegen Mittag. Wir haben am Morgen das zerschossene Roye passiert, die alte Kathedrale von Noyon besichtigt, das zerstörte Chauny ist hinter uns; wir verließen bei S. die Automobile und sind nun im Wald von C.

Auf verhängten Wegen gehen wir aufwärts. Im Wald ist eine warme Vorfrühlingsstimmung. Nur in der Ferne grollt es dumpf. Aber der Kampf scheint unendlich fern zu sein.

Wir sind von einem Stabsmajor begleitet, der uns Aufklärungen gibt, aber alles Gefühl von Krieg und Tod ist durch gelbe Sonnenfelder, durch tiefdurchstrahlte Waldlichtungen gedämpft. Stachelhelme und Gasmasken erscheinen wie merkwürdig nutzloses Spielzeug. Nichts schiene einen verirrten Wanderer zu hindern, stundenlang ins Ungewisse zu gehen. Nur eine Schar kreischender, fetter Raben stört die Stille des Mittags.

Da und dort stoßen wir auf frische Granatlöcher, werden von Posten auf andere Wege gewiesen und kommen endlich zum Bataillonsstab. Wir finden einen in der Londoner Gesellschaft sehr bekannten Sportsmann als Major, der uns das gastlichste Quartier anbietet. Mit einem neuen Führer sind wir bald im Verbindungsgraben zur vordersten Stellung.

Wir sehen, indem wir einen sanften Hang abwärts steigen, vor uns auf einer bewaldeten Höhe zwischen Bäumen den vordersten deutschen Graben. Mit bloßem Auge ist ein kleines Blockhaus sichtbar, wo der Beobachtungsposten sitzt. In der schmalen Talrinne durchschreiten wir unter zerschossenen Häusern und hinter Mauern das ganz eingesehene Dorf B.

Ein paar Dutzend Meter vor uns führt eine Notbrücke über einen Bach. Wir müssen da den Stollen verlassen und sind auf völlig ungedecktem Terrain.

Plötzlich hebt ein heftiges Propellergeräusch an. Es ist laut, als ob es aus dem nächstliegenden Graben käme. Wir sehen uns um. Aber der Tag ist so klar und die Sonne blendet derart, dass wir vorerst nichts wahrnehmen können. Erst wie wir vor dem Steg stehen, gewahren wir über uns drei kreisende deutsche Flugzeuge. Sie sind kaum höher als fünfhundert Meter und strahlen wie gleitende Sterne im Licht. Wir drücken uns seitlich gegen die Büsche und warten. Wir sind offenbar gesehen. Wir scheinen aber keine Bombe wert zu sein. Nicht einmal eine Ladung aus einem Maschinengewehr. Wir entschließen uns, über den Steg zu gehen. Kaum haben wir aber den Kompanieunterstand verlassen, so schlagen dort die ersten Granaten ein. Wir sind jetzt auf einem maskierten Beobachtungsposten und haben deutlich vor uns die vorhin gesehene Blockhütte. Sie ragt kaum einen Meter aus der Erde. Unterdessen pfeifen zur Linken die Geschosse vorbei und explodieren in dumpfen Donnerschlägen.

Es erscheint mir wieder merkwürdig, wie sorglos man trotz allen peinlichen Möglichkeiten wird. Solange einem das Geschoss nicht eigentlich auf den Kopf fällt, ist man ziemlich unbesorgt und späht nur gelegentlich nach einem Loch in der Erde, in das man sich nötigenfalls hineinsetzen könnte.

Durch einen weiteren Stollen kommen wir jetzt in den vordersten Graben. Es findet sich alle fünfzig Meter ein Posten mit einem Maschinengewehr, die übrige Mannschaft ist in den Unterständen. Wir kriechen zum Horchposten hinaus. Das Feld scheint ruhig zu sein. In der vorigen Nacht war ein Überfallsversuch gemacht worden. Jetzt beobachtet man sich und raucht dabei die Pfeife.

Wir gehen im Graben nach Süden und stoßen zu meiner Überraschung auf einen französischen Posten. Wir sind am Verbindungspunkt der beiden Armeen. Wir bieten den Soldaten guten englischen Tabak an und einer erzählt uns dafür in reinstem südfranzösischen Akzent Geschichten vom Chemin des Dames.

Ich lehne an der Grabenwand und starre hinauf zur Blockhütte am Rand des Hanges. Sie wird im

Sonnenlicht zu einem gelben Fleck von Grün umrahmt. Dort sitzt der Posten, der mich vielleicht beobachtet oder auch nur etwas wie eine Bewegung in unserem Graben konstatiert. Er könnte etwa einem guten Schützen ein Zeichen geben, dass er versuchen soll, mir ins Gehirn zu schießen, oder er könnte den nächsten Grabenmörser veranlassen, eine Wurfmine herüberzuschleudern. Wir würden den Krach hören und dann das Geschoß sehen, das sich in einem sanften Bogen hebt, wie etwas unendlich Harmloses, in seinem Flug immer ruhiger, fast unwillig würde, als ob ihm die Lust und der Atem ausginge, sich dann über unseren Köpfen etwas hin- und herschlängelte, als ob es sich erst zuallerletzt entschiede, ob es mehr zur Rechten oder zur Linken fallen wollte, bis es dann allen und bis zum letzten Moment sichtbar, gleich einem schweren Gewicht niedersauste und ein zimmergroßes Loch in den Boden risse, eine Riesenwolke von Erde und Gestein gen Himmel schleuderte, die in einem dumpfen Geräusch wieder niederprasselte, vielleicht mit unserem zerqualmten Gebein vermischt ...

Aber direkt vor uns ist das Feld friedlich, die Granaten hämmern immer noch auf den Kompanieunterstand; es scheint nicht, dass sie ihre

Richtung ändern wollten.

Wir verlassen auf einem neuen Weg, da der alte jetzt gefährdet ist, die Stellung. Im Stollen begegnen wir dem Bataillonschef, der zur Inspektion nach vorn geht. Bald nimmt uns wieder der Wald von C. auf. Nach ein paar hundert Metern hält uns ein Posten an. Auch die Strecke vor uns ist jetzt unter Feuer. Wir müssen nach Süden abbiegen.

Es ist eine unendliche Milde in der Luft. Die Äste sind wie geschwellt und wund von Knospen, die der erste warme Regen sprengen wird.

Im Blute summt die leise Erregung des Vorfühlungsabends. Irgendwo schallt Gezwitscher im Gezweig. Hinter uns donnern Explosionen. Aber es wird mir wunderlich schwer, noch an den Krieg zu denken.

Paris nachmittags.

Ich muss heute Nacht reisen. Ich sitze auf meinen Koffern und bin todmüde. Ich habe ein Dutzend Besuche gemacht und alles ist mir wie ein physischer Schmerz.

Abends 6 Uhr.

Ich stehe am Fenster. Über den Tuilerien geht die Sonne unter. Die Luft ist so lau wie im Mai ... und mir erscheint dieser Augenblick unsagbar schön. Selige Stadt, die während Jahrhunderten alle Künste Europas befruchtete, die wie aus einem Riesenfüllhorn Ideen streute, die alles lächelnd hingab.

Die eine Heimat ist für meine Seele.

Auf der Straße blinken Lichter, die Silhouette des Louvre versinkt im Dunkel. Mays Stimme tönt hinter mir. Sie klingt ungeduldig und melodisch in meinen Traum hinein.

Gare de Lyon.

Die Lichter sind gedämpft, die Hallen wie in blaues Meer getaucht. Hasten der Menschen. Keuchen der Lokomotiven.

Ich habe May zum Express nach dem Süden gebracht. Sie sitzt wie ein geduldiges Kind in der Ecke am Fenster, neben ihr ein älterer Priester und ihr gegenüber ein Hauptmann der Territorialarmee. Er sieht jovial aus und ist etwas korpulent.

Ich stehe im Gedränge vor dem Waggon, eine Menge Offiziere kommen im letzten Moment, Kammerzofen mit Hutschachteln schweben hin und her, dann fährt der Zug langsam an und Mays nervöses, schmales Gesicht gleitet wie auf einer dunklen Wand weiter ... weiter ... Eine Stunde später hab ich es bei geschlossenen Augen noch im Blick, indes mir der Rhythmus des eigenen Zugs in den Nerven bebt, und tausend Lichter wie in einem schmerzhaften Tanz durch das Gehirn strahlen.

Es ist, als ob ich immer tiefer eintauchte in eine fremde und kühle Nacht, als sei ich ausgeschlossen aus allem Gefühl und aller Grazie, aller Passion und aller Herrlichkeit der Welt ... ich öffne meine Lider ... ich möchte es nicht glauben ... aber Stunden weit hinter mir liegt Paris.